KB261583

〈한국대표시인 시선〉을 출간하며

육당 최남선의 「해에게서 소년에게」(1908)로부터 본다면 한국 현대시가 출범한 지 100년이 넘었다. 그동안 많은 시의 별과 꽃들이 명멸했지만, 한국어의 아름다움과 이 땅의 숨결에 잇닿은 정서를 표현하고, 나아가 인간의 보편적 진리에 이르는 찬란한 시의 성채(城砦)를 이룩한 시인도 있었다. 이 땅의 수많은 정서는 그들로 인해 행복해 하기도 하고, 위로받기도 하고, 또 그 도저한 언어 형상의 아름다움에 탄복하기도 했다. 그러나 보통의 정서들이 정성을 다해 그 모든 시를 다 찾아 소화할 수 없는 현실에서, 그 거룩한 시의 별들을 모아 간추려 정수(精髓)에 해당하는 작품을 정선하고 엄선하여, 수 세기가 지나도 살아남을 한국대표시인 시선을 출범시킨다.

이 시선은 한국의 대표적인 문학평론가가 그들의 소임을 다해 해당 시인 시의 전체적인 흐름을 짚고, 그중 10여 편을 더욱 자세하게 '해설'하여 독자들의 이해를 돕는다.

이 시선이 100년을 성숙한 한국 현대시의 모습이다. 그것은 또한 우리 문학의 선봉일 것임을 자임하며, 한국대표시인 시선 발간에 최선을 다할 것이다.

—휴먼앤북스 한국대표시인 시선 발간위원회

남신의주 유동 박시봉방

남신의주 유동 박시봉방

한국대표시인 시선 **06**

남신의주 유동 박시봉방

백석 지음 | 이숭원 책임편집

1판 1쇄 발행 | 2011. 2. 5

발행처 | **Human & Books**
발행인 | 하응백
출판등록 | 2002년 6월 5일 제2002-113호
서울특별시 종로구 경운동 88 수운회관 1009호
기획 홍보부 | 02-6327-3535, 편집부 | 02-6327-3537, 팩시밀리 | 02-6327-5353
이메일 | hbooks@empal.com

값은 뒤표지에 있습니다.

ISBN 978-89-6078-111-5 03810

남신의주 유동 박시봉방

백석 지음 | 이숭원 책임편집

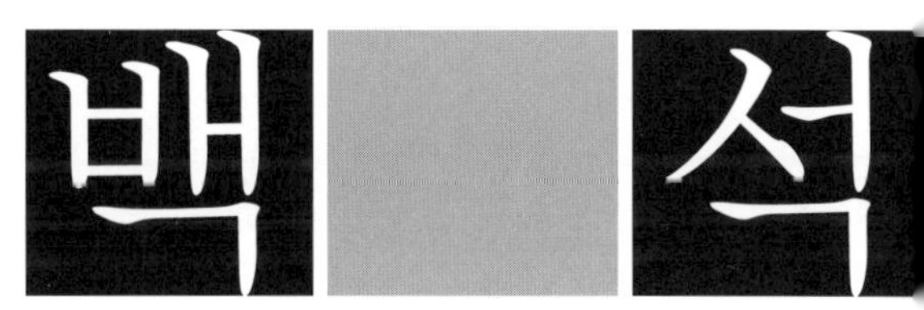

한국대표시인 시선 06

Human & Books

목차

제2부 1937~1939

제3부 1940~1948

일러두기

1. 시가 쉽게 이해될 수 있도록, 본문은 현대어 표기법으로 교정했다. 단, 대치가 어려운 시어는 원본대로 적되, 그것의 의미를 파악하기 힘든 경우에는 최소한의 주해를 달아 풀이하였다.

2. 띄어쓰기와 표기는 현행 한글 맞춤법 규정을 따랐음을 밝힌다.

제1부

1935~1936

산지(山地)

갈부던* 같은 약수터의 산 거리
여인숙이 다래나무 지팡이와 같이 많다

시냇물이 버러지 소리를 하며 흐르고
대낮이라도 산 옆에서는
승냥이가 개울물 흐르듯 운다

소와 말은 도로 산으로 돌아갔다
염소만이 아직 된비가 오면 산 개울에 놓인 다리를 건너
인가 근처로 뛰어온다

벼랑턱의 어두운 그늘에 아침이면

---

* 갈부던: '부던'은 '부전'의 평안도식 발음이며, 색 헝겊을 알록달록하게 맞대어 만든 여자아이
들의 노리개를 뜻한다. '갈부전'은 갈잎으로 만든 부전.

부엉이가 무거웁게 날아온다
낮이 되면 더 무거웁게 날아가 버린다

산 너머 십오리(十五里)서 나무뎅치* 차고 싸리신 신고 산
비에 촉촉이 젖어서 약물을 받으러 오는 산 아이도 있다

아비가 앓는가 보다
다래 먹고 앓는가 보다

아랫마을에서는 아기 무당이 작두를 타며 굿을 하는 때가
많다

---

* 나무뎅치: 나무의 속을 파서 뒤웅박처럼 만든 것.

가즈랑집

승냥이가 새끼를 치는 전에는 쇠메 든 도적이 났다는 가즈
랑고개

가즈랑집은 고개 밑의
산 너머 마을서 도야지를 잃는 밤 짐승을 쫓는 깽제미* 소
리가 무서웁게 들려오는 집
닭 개 짐승을 못 놓는
멧도야지와 이웃사촌을 지내는 집

예순이 넘은 아들 없는 가즈랑집 할머니는 중같이 정해서
할머니가 마을을 가면 긴 담뱃대에 독하다는 막써레기**를

---

* 깽제미: 꽹과리.

** 막써레기: 거칠게 막 썬 담뱃잎.

몇 대라도 붙이라고 하며

간밤엔 섬돌 아래 승냥이가 왔었다는 이야기
어느메 산골에선간 곰이 아이를 본다는 이야기

나는 돌나물김치에 백설기를 먹으며
옛말의 귀신 집에 있는 듯이

가즈랑집 할머니
내가 날 때 죽은 누이도 날 때
무명필에 이름을 써서 백지 달아서 귀신간 시렁의 당즈깨•
에 넣어 대감님께 수영을 들였다는 가즈랑집 할머니
언제나 병을 앓을 때면
신장님 단련이라고 하는 가즈랑집 할머니
귀신의 딸이라고 생각하면 슬퍼졌다

토끼도 살이 오른다는 때 아르대 즘퍼리••에서 제비꼬리
마타리 쇠조지 가지취 고비 고사리 두릅순 회순 산나물을
하는 가즈랑집 할머니를 따르며

나는 벌써 달디단 물구지우림 둥굴레우림을 생각하고
아직 멀은 도토리묵 도토리범벅까지도 그리워한다

뒤울안 살구나무 아래서 광살구를 찾다가
살구 벼락을 맞고 울다가 웃는 나를 보고
밑구멍에 털이 몇 자나 났나 보자고 한 것은 가즈랑집 할
머니다

찰복숭아를 먹다가 씨를 삼키고는 죽는 것만 같아 하루
종일 놀지도 못하고 밥도 안 먹은 것도
가즈랑집에 마을을 가서
당수 먹은 강아지같이 좋아라고 집오래***를 설레다가였다

---

* 당즈깨: 고리짝.
** 아르대 즘퍼리: 아래쪽 질퍽한 벌.
*** 집오래: 집 주변.

여우난골족(族)

명절날 나는 엄매 아배 따라 우리 집 개는 나를 따라 진할
머니 진할아버지가 있는 큰집으로 가면

얼굴에 별 자국이 솜솜 난 말수와 같이* 눈도 껌벅거리는
하루에 베 한 필을 짠다는 벌 하나 건너 집엔 복숭아나무가
많은 신리(新里) 고모 고모의 딸 이녀(李女) 작은 이녀
열여섯에 사십이 넘은 홀아비의 후처가 된 포족족하니**
성이 잘 나는 살빛이 매감탕 같은 입술과 젖꼭지는 더 까만
예수쟁이 마을 가까이 사는 토산(土山) 고모 고모의 딸 승녀
(承女) 아들 승동이
육십 리라고 해서 파랗게 보이는 산을 넘어 있다는 해변에

---

* 말수와 같이: 말할 때마다.
** 포족족하니: 노여워하는 빛이 얼굴에 서리는 것.

서 과부가 된 코끝이 빨간 언제나 흰옷이 정하던 말끝에 섧
게 눈물을 짤 때가 많은 큰골 고모 고모의 딸 홍녀(洪女) 아
들 홍동이 작은 홍동이

배나무 접을 잘 하는 주정을 하면 토방돌을 뽑는 오리치
를 잘 놓는 먼 섬에 반디젓 담그러 가기를 좋아하는 삼촌 삼
촌엄매 사촌 누이 사촌 동생들

이 그득히들 할머니 할아버지가 있는 안간에들 모여서 방
안에서는 새옷의 내음새가 나고

또 인절미 송기떡 콩가루찰떡의 내음새도 나고 끼때의 두
부와 콩나물과 볶은 잔대와 고사리와 도야지비계는 모두 선
득선득하니 찬 것들이다

저녁술을 놓은 아이들은 외양간 옆 밭마당에 달린 배나무
동산에서 쥐잡이를 하고 숨굴막질을 하고 꼬리잡이를 하고
가마 타고 시집가는 놀음 말 타고 장가가는 놀음을 하고 이
렇게 밤이 어둡도록 북적하니 논다

---

* 오리치: 오리를 잡는 데 쓰는 올가미.

밤이 깊어가는 집안엔 엄매는 엄매들끼리 아랫간에서들 웃
고 이야기하고 아이들은 아이들끼리 윗간 한 방을 잡고 조아
질하고 쌈방이 굴리고 바리깨돌림하고 호박떼기하고 제비손
이구손이하고 이렇게 화대의 사기 방등에 심지를 몇 번이나
돋우고 홍계닭이 몇 번이나 울어서 졸음이 오면 아랫목싸움
자리싸움을 하며 히드득거리다 잠이 든다 그래서는 문창에
텅납새*의 그림자가 치는 아침 시누이 동서들이 욱적하니 흥
성거리는 부엌으론 샛문 틈으로 장지문 틈으로 무이징게국을
끓이는 맛있는 내음새가 올라오도록 잔다

---

* 텅납새: 추녀.

고방

낡은 질동이에는 갈 줄 모르는 늙은 집난이같이 송기떡이
오래도록 남아 있었다

오지항아리에는 삼촌이 밥보다 좋아하는 찹쌀탁주가 있어
서
삼촌의 입내를 내어 가며 나와 사촌은 시금털털한 술을 잘
도 채어 먹었다

제삿날이면 귀머거리 할아버지 가에서 왕밤을 밝고 싸리
꼬치에 두부산적을 꿰었다

손자아이들이 파리 떼같이 모이면 곰의 발 같은 손을 언제

[•] 고방: 庫房.

나 내둘렀다

　구석의 나무 말쿠지*에 할아버지가 삼는 소신 같은 짚신이
둑둑이 걸리어도 있었다

　옛말이 사는 컴컴한 고방의 쌀독 뒤에서 나는 저녁 끼때에
부르는 소리를 듣고도 못 들은 척하였다

---

* 말쿠지: 옷 따위를 걸기 위해 벽에 박은 못.

모닥불

새끼오리*도 헌신짝도 소똥도 갖신창도 개니빠디도 너울쪽
도 짚검불도 가랑잎도 머리카락도 헝겊조각도 막대꼬치도 기
왓장도 닭의 깃도 개 터럭도 타는 모닥불

재당도 초시도 문장(門長) 늙은이도 더부살이 아이도 새사
위도 갓사돈도 나그네도 주인도 할아버지도 손자도 붓장수
도 땜장이도 큰 개도 강아지도 모두 모닥불을 쪼인다

모닥불은 어려서 우리 할아버지가 어미 아비 없는 서러운
아이로 불쌍하니도 몽동발이**가 된 슬픈 역사가 있다

---

* 새끼오리: 새끼줄.
** 몽동발이: 붙어 있던 것이 다 떨어지고 몸뚱이만 남은 것. 이 시에선 외톨이 고아가 되었다
는 것을 뜻한다.

고야(古夜)

아배는 타관 가서 오지 않고 산비탈 외따른 집에 엄매와
나와 단둘이서 누가 죽이는 듯이 무서운 밤 집 뒤로는 어느
산골짜기에서 소를 잡아먹는 노나리꾼들이 도적놈들같이 쿵
쿵거리며 다닌다

날기 멍석을 져 간다는 닭 보는 할미를 차 굴린다는 땅 아
래 고래 같은 기와집에는 언제나 니차떡에 청밀에 은금보화
가 그득하다는 외발 가진 조마구* 뒷산 어느메도 조마구네
나라가 있어서 오줌 누러 깨는 재밤 머리맡의 문살에 대인
유리창으로 조마구 군병의 새까만 대가리 새까만 눈알이 들
여다보는 때 나는 이불 속에 자지러붙어 숨도 쉬지 못 한다

---

* 조마구: 키 작은 귀신.

또 이러한 밤 같은 때 시집갈 처녀 막내고모가 고개 너머 큰집으로 치장감을 가지고 와서 엄매와 둘이 소기름에 쌍심지의 불을 밝히고 밤이 들도록 바느질을 하는 밤 같은 때 나는 아랫목의 삿귀를 들고 쇠든 밤*을 내어 다람쥐처럼 밝아 먹고 은행 여름을 인둣불에 구워도 먹고 그러다는 이불 위에서 광대넘이를 뒤이고 또 누워 굴면서 엄매에게 윗목에 두른 평풍의 새빨간 천도의 이야기를 듣기도 하고 고모더러는 밝는 날 멀리는 못 난다는 메추라기를 잡아 달라고 조르기도 하고

내일같이 명절날인 밤은 부엌에 째듯하니 불이 밝고 솥뚜껑이 놀며 구수한 내음새 곰국이 무르끓고 방안에서는 일갓집 할머니가 와서 마을의 소문을 펴며 조개송편에 달송편에 쥐이기송편에 떡을 빚는 곁에서 나는 밤소 팥소 설탕 든 콩가루소를 먹으며 설탕 든 콩가루소가 가장 맛있다고 생각한다
나는 얼마나 반죽을 주무르며 흰 가루 손이 되어 떡을 빚

---

* 쇠든 밤: 말라서 새들새들해진 밤.

고 싶은지 모른다

　섣달에 납일날이 들어서 납일날 밤에 눈이 오면 이 밤엔
쌔하얀 할미귀신의 눈귀신도 납일눈을 받느라 못 난다는 말
을 든든히 여기며 엄매와 나는 앙궁 위에 떡돌 위에 곱새담
위에 함지에 버치며 대양푼을 놓고 치성이나 드리듯이 정한
마음으로 납일눈 약눈을 받는다
　이 눈세기물[*]을 납일물이라고 제주병에 진상항아리에 채워
두고는 해를 묵혀 가며 고뿔이 와도 배앓이를 해도 갑피기를
앓아도 먹을 물이다

---

[*] 눈세기물: 눈이 녹은 물.

오리 망아지 토끼

오리치를 놓으러 아배는 논으로 내려간 지 오래다

오리는 동비탈에 그림자를 떨어트리며 날아가고 나는 동말
랭이에서 강아지처럼 아배를 부르며 울다가

시악*이 나서는 등 뒤 개울물에 아배의 신짝과 버선목과
대님오리를 모두 던져 버린다

장날 아침에 앞 행길로 엄지 따라 지나가는 망아지를 내라
고 나는 조르면

아배는 행길을 향해서 커다란 소리로

—매지**야 오너라

—매지야 오너라

---

* 시악: 악한 성미로 부리는 심술.

** 매지: 망아지.

새하러 가는 아배의 지게에 치워 나는 산으로 가며 토끼를
잡으리라고 생각한다
맞구멍 난 토끼 굴을 아배와 내가 막아서면 언제나 토끼
새끼는 내 다리 아래로 달아났다
나는 서글퍼서 서글퍼서 울상을 한다

주막(酒幕)

호박잎에 싸 오는 붕어곰*은 언제나 맛있었다

부엌에는 빨갛게 길들은 팔모알상이 그 상 위엔 새파란 싸
리를 그린 눈알만 한 잔이 뵈었다

아들아이는 범이라고 장고기를 잘 잡는 앞니가 뻐드러진
나와 동갑이었다

울파주** 밖에는 장꾼들을 따라와서 엄지의 젖을 빠는 망
아지도 있었다

---

* 붕어곰: 오래 익힌 붕어찜.

** 울파주: 대, 갈대, 싸리 따위로 엮어 만든 울타리.

적경(寂境)

신 살구를 잘도 먹더니 눈 오는 아침
나어린 아내는 첫아들을 낳았다

인가 멀은 산중에
까치는 배나무에서 짖는다

컴컴한 부엌에서는 늙은 홀아비의 시아버지가 미역국을 끓
인다
그 마을의 외딸은 집에서도 산국을 끓인다

미명계(未明界)

자즌닭*이 울어서 술국을 끓이는 듯한 추탕(鰍湯) 집의 부
엌은 뜨스할 것같이 불이 뿌연히 밝다

초롱이 희근하니 물지게꾼이 우물로 가며
별 사이에 바라보는 그믐달은 눈물이 어리었다

행길에는 선장 대어가는 장꾼들의 종이 등에 나귀 눈이 빛
났다
어데서 서러웁게 목탁을 뚜드리는 집이 있다

---

* 자즌닭: 새벽닭.

성외(城外)

어두워 오는 성문 밖의 거리
도야지*를 몰고 가는 사람이 있다

엿방 앞에 엿궤**가 없다

양철통을 쩔렁거리며 달구지는 거리 끝에서 강원도로 간
다는 길로 든다

술집 문창에 그느슥한 그림자는 머리를 얹혔다

---

* 도야지: 돼지.
** 엿궤: 엿을 담도록 만든 널판상자.

쓸쓸한 길

거적장사[*] 하나 산 뒷옆 비탈을 오른다
아ー 따르는 사람도 없이 쓸쓸한 쓸쓸한 길이다
산가마귀만 울며 날고
도적갠가 개 하나 어정어정 따라간다
이스라치전이드나 머루전이드나
수리취 땅버들의 하이얀 복이 서러웁다
뜨물같이 흐린 날 동풍이 설렌다

---

[*] 거적장사: 죽은 사람을 거적으로 둘러메고 지내는 장사.

여승

여승은 합장하고 절을 했다
가지취의 내음새가 났다
쓸쓸한 낮이 옛날같이 늙었다
나는 불경(佛經)처럼 서러워졌다

평안도의 어느 산 깊은 금점판
나는 파리한 여인에게서 옥수수를 샀다
여인은 나어린 딸아이를 때리며 가을밤같이 차게 울었다

섶벌같이 나아간 지아비 기다려 십 년이 갔다
지아비는 돌아오지 않고
어린 딸은 도라지꽃이 좋아 돌무덤으로 갔다

산꿩도 섧게 울은 슬픈 날이 있었다

산절의 마당귀에 여인의 머리오리가 눈물방울과 같이 떨어
진 날이 있었다

수라(修羅)

거미 새끼 하나 방바닥에 내린 것을 나는 아무 생각 없이
문밖으로 쓸어 버린다
차디찬 밤이다

어느젠가 새끼 거미 쓸려 나간 곳에 큰 거미가 왔다
나는 가슴이 짜릿한다
나는 또 큰 거미를 쓸어 문밖으로 버리며
찬 밖이라도 새끼 있는 데로 가라고 하며 서러워한다

이렇게 해서 아린 가슴이 삭기도 전이다
어데서 좁쌀알만 한 알에서 가제 깨인 듯한 발이 채 서지
도 못한 무척 작은 새끼 거미가 이번엔 큰 거미 없어진 곳으
로 와서 아물거린다
나는 가슴이 메이는 듯하다

　내 손에 오르기라도 하라고 나는 손을 내어미나 분명히 울
고불고할 이 작은 것은 나를 무서우이 달아나 버리며 나를
서럽게 한다
　나는 이 작은 것을 고이 보드라운 종이에 받아 또 문밖으
로 버리며
　이것의 엄마와 누나나 형이 가까이 이것의 걱정을 하며 있
다가 쉬이 만나기나 했으면 좋으련만 하고 슬퍼한다

통영

옛날엔 통제사가 있었다는 낡은 항구의 처녀들에겐 옛날
이 가지 않은 천희(千姬)라는 이름이 많다

미역 오리같이 말라서 굴 껍질처럼 말없이 사랑하다 죽는
다는

이 천희의 하나를 나는 어느 오랜 객줏집의 생선 가시가
있는 마루방에서 만났다

저문 유월의 바닷가에선 조개도 울을 저녁 소라 방등이
불그레한 마당에 김 냄새 나는 비가 내렸다

오금덩이라는 곳

어스름 저녁 국수당 돌각담의 시무나무 가지에 여귀*의 탱
을 걸고 나물 메 갖추어 놓고 비난수를 하는 젊은 새악시들
　─잘 먹고 가라 서리서리 물러가라 네 소원 풀었으니 다시
침노 말아라

벌개늪역에서 바리깨들 뚜드리는 쇳소리가 나면
누가 눈을 앓아서 부증이 나서 찰거머리를 부르는 것이다
마을에서는 피 성한 눈숡**에 저린 팔다리에 거머리를 붙
인다

여우가 우는 밤이면

---

* 여귀: 厲鬼. 재앙이나 돌림병으로 죽은 사람의 귀신.
** 피 성한 눈숡: 핏발이 선 눈시울.

잠 없는 노친네들은 일어나 팥을 깔이며 방뇨를 한다
 여우가 주둥이를 향하고 우는 집에서는 다음 날 으레이 흉
사가 있다는 것은 얼마나 무서운 말인가

가키사키(柿崎)의 바다

저녁밥 때 비가 들어서
바다엔 배와 사람이 흥성하다

참대창*에 바다보다 푸른 고기가 꿰이며 섬돌에 곱조개가
붙는 집의 복도에서는 배창에 고기 떨어지는 소리가 들렸다

이즉하니** 물기에 누긋이 젖은 왕구새자리에서 저녁상을
받은 가슴 앓는 사람은 참치 회를 먹지 못하고 눈물겨웠다

어둑한 기슭의 행길에 얼굴이 해쓱한 처녀가 새벽달같이
아 아즈내***인데 병인(病人)은 미역 냄새 나는 덧문을 닫

---

* 참대창: 참대를 깎아서 만든 꼬챙이.
** 이즉하니: 시간이 꽤 지나서.
*** 아즈내: 초저녁.

고 버러지같이 누웠다

정주성(定州城)

산턱 원두막은 비었나 불빛이 외롭다
헝겊 심지에 아주까리기름의 쪼는 소리가 들리는 듯하다

잠자리 조을던 무너진 성터
반딧불이 난다 파란 혼(魂)들 같다
어데서 말 있는 듯이* 커다란 산새 한 마리 어두운 골짝이
로 난다

헐리다 남은 성문이
하늘빛같이 훤하다
날이 밝으면 또 메기수염의 늙은이가 청배를 팔러 올 것이
다

---

* 말 있는 듯이: 사람의 말소리가 들리는 듯이.

정문촌(旌門村)

주홍칠이 날은 정문이 하나 마을 어귀에 있었다

"효자노적지지정문"(孝子盧迪之之旌門)—먼지가 겹겹이 앉
은 목각(木刻)의 액(額)에
　　나는 열 살이 넘도록 갈 지 자 둘을 웃었다

아카시아 꽃의 향기가 가득하니 꿀벌들이 많이 날아드는
아침
　　귀신은 없고 부엉이가 담벽을 띠쫗고* 죽었다

기왓골에 배암이 푸르스름히 빛난 달밤이 있었다
아이들은 족제비같이 먼 길을 돌았다

---

* 띠쫗고: 들이쪼고.

정문집 가난이는 열다섯에
늙은 말꾼한테 시집을 갔것다

여우난골

박을 삶는 집
할아버지와 손자가 오른 지붕 위에 하늘빛이 진초록이다
우물의 물이 쓸 것만 같다

마을에서는 삼굿을 하는 날
건넛마을서 사람이 물에 빠져 죽었다는 소문이 왔다

노란 싸릿잎이 한벌 깔린 토방에 햇춰방석을 깔고
나는 호박떡을 맛있게도 먹었다

어치라는 산새는 벌배* 먹어 고읍다는 골에서 돌배 먹고
아픈 배를 아이들은 떨배** 먹고 나았다고 하였다

---

* 벌배: 벌레 먹은 배.
** 떨배: 산사나무 열매.

통영

구마산(舊馬山)의 선창에선 좋아하는 사람이 울며 내리는
배에 올라서 오는 물길이 반날
  갓 나는 고장은 갓 같기도 하다

바람맛도 짭짤한 물맛도 짭짤한

전복에 해삼에 도미 가자미의 생선이 좋고
파래에 아가미에 호루기의 젓갈이 좋고

새벽녘의 거리엔 쾅쾅 북이 울고
밤새껏 바다에선 뿡뿡 배가 울고

자다가도 일어나 바다로 가고 싶은 곳이다

집집이 아이만 한 피도 안 간* 대구를 말리는 곳
황아장수 영감이 일본 말을 잘도 하는 곳
처녀들은 모두 어장주한테 시집을 가고 싶어 한다는 곳
산 너머로 가는 길 돌각담에 갸웃하는 처녀는 금(錦)이라
던 이 같고
내가 들은** 마산 객줏집의 어린 딸은 난(蘭)이라는 이 같
고

난이라는 이는 명정(明井)골에 산다는데
명정골은 산을 넘어 동백나무 푸르른 감로 같은 물이 솟
는 명정샘이 있는 마을인데
샘터엔 오구작작 물을 긷는 처녀며 새악시들 가운데 내가
좋아하는 그이가 있을 것만 같고
내가 좋아하는 그이는 푸른 가지 붉게붉게 동백꽃 피는 철
엔 타관 시집을 갈 것만 같은데

---

* 피도 안 간: 핏기도 가시지 않은.
** 들은: 거처를 정해 머무는.

긴 토시 끼고 큰머리 얹고 오불고불 넘엣거리로 가는 여인
은 평안도서 오신 듯한데 동백꽃 피는 철이 그 언제요

옛 장수 모신 낡은 사당의 돌층계에 주저앉아서 나는 이
저녁 울 듯 울 듯 한산도 바다에 뱃사공이 되어 가며
영 낮은 집 담 낮은 집 마당만 높은 집에서 열나흘 달을
업고 손방아만 찧는 내 사람을 생각한다

연자간

달빛도 거지도 도적개도 모두 즐겁다
풍구재도 얼럭소도 쇠드랑볕도 모두 즐겁다

도적괭이 새끼락이 나고
살진 족제비 트는 기지개 길고

홰냥닭은 알을 낳고 소리치고
강아지는 겨를 먹고 오줌 싸고

개들은 게모이고 쌈짓거리하고
놓여난 도야지 둥구잡혀 오고

송아지 잘도 놀고
까치 보해 짖고

신행길 말이 울고 가고
장돌림 당나귀도 울고 가고

대들보 위에 베틀도 차일도 토리개도 모두들 편안하니
구석구석 후치도 보습도 쇠스랑도 모두들 편안하니

탕약(湯藥)

눈이 오는데
토방에서는 질화로 위에 곱돌탕관에 약이 끓는다.
삼에 숙변에 목단에 백복령에 산약에 택사의 몸을 보한다
는 육미탕(六味湯)이다.
약탕관에서는 김이 오르며 달큼한 구수한 향기로운 내음
새가 나고
약이 끓는 소리 삐삐 즐거웁기도 하다.

그리고 다 달인 약을 하이얀 약사발에 밭아 놓은 것은
아득하니 깜하여 만년 옛적이 들은 듯한데
나는 두 손으로 고이 약그릇을 들고 이 약을 내인 옛사람
들을 생각하노라면
내 마음은 끝없이 고요하고 또 맑아진다.

남행시초(南行詩抄) 1: 창원도(昌原道)

솔포기에 숨었다
토끼나 꿩을 놀래 주고 싶은 산허리의 길은

엎데서 따스하니 손 녹이고 싶은 길이다

개 데리고 호이호이 휘파람 불며
시름 놓고 가고 싶은 길이다

괴나리봇짐 벗고 땅불 놓고 앉아
담배 한 대 피우고 싶은 길이다

승냥이 줄레줄레 달고 가며
덕신덕신 이야기하고 싶은 길이다

떠꺼머리총각은 정든 님 업고 오고 싶을 길이다

남행시초 2: 통영

통영 장 낫대들었다*

갓 한 닢 쓰고 건시 한 접 사고 홍공단** 단기 한 감 끊고
술 한 병 받아 들고

하륜선 만저 보려 선창 갔다

오다 가수내 들어가는 주막 앞에
문둥이 품바타령 듣다가

열이레 달이 올라서

---

* 낫대들었다: 내달아 들어갔다.
** 홍공단: 紅貢緞. 붉은 빛깔에 윤기가 나는 비단.

나룻배 타고 판데목 지나간다 간다

—서병직(徐丙織) 씨에게—

남행시초 3: 고성가도(固城街道)

고성 장 가는 길
해는 둥둥 높고

개 하나 얼린하지 않는* 마을은
해바른 마당귀에 맷방석 하나
빨갛고 노랗고
눈이 시울은** 곱기도 한 건반밥

아 진달래 개나리 한창 피었구나

가까이 잔치가 있어서

곱디고운 건반밥을 말리우는 마을은
얼마나 즐거운 마을인가

어쩐지 당홍치마 노란 저고리 입은 새악시들이
웃고 살을 것만 같은 마을이다

남행시초 4: 삼천포

졸레졸레 도야지 새끼들이 간다
귀밑이 재릿재릿하니 볕이 담복 따사로운 거리다

잿더미에 까치 오르고 아이 오르고 아지랑이 오르고

해비리기히기 좋을 볏곡간 마당에
볏짚같이 누우런 사람들이 둘러서서
어느 눈 오신 날 눈을 치고 생긴 듯한 말다툼 소리도 누우
러니

소는 기르매 지고 조은다

아 모두들 따사로이 가난하니

제2부

1937~1939

북관(北關)

명태 창난젓에 고추무거리에 막칼질한 무이를 비벼 익힌
것을
이 투박한 북관을 한없이 끼밀고 있노라면
쓸쓸하니 무릎은 끓어진다

시큼한 배척한 퀴퀴한 이 내음새 속에
나는 가느슥히 여진(女眞)의 살내음새를 맡는다

얼근한 비릿한 구릿한 이 맛 속에선
까마득히 신라 백성의 향수도 맛본다.

노루

장진(長津) 땅이 지붕 넘에 넘석하는* 거리다
자귀나무 같은 것도 있다
기장감주에 기장차떡이 흔한 데다
이 거리에 산골 사람이 노루 새끼를 데리고 왔다

산골 사람은 막베 등거리 막베 잠방등에를 입고
노루 새끼를 닮았다
노루 새끼 등을 쓸며
터 앞에 당콩 순을 다 먹었다 하고
서른닷 냥 값을 부른다
노루 새끼는 다문다문 흰 점이 박히고 배안의 털을 너슬너
슬 벗고

---

* 넘석하는: 힘을 들이지 않고 갈 만큼 가까운.

산골 사람을 닮았다

산골 사람의 손을 핥으며
약자에 쓴다는 흥정 소리를 듣는 듯이
새까만 눈에 하이얀 것이 가랑가랑한다.

선우사(膳友辭)

낡은 나조반에 흰밥도 가자미도 나도 나와 앉아서
쓸쓸한 저녁을 맞는다

흰밥과 가자미와 나는
우리들은 그 무슨 이야기라도 다 할 것 같다
우리들은 서로 미덥고 정답고 그리고 서로 좋구나

우리들은 맑은 물밑 해정한 모래톱에서 하고긴 날을 모래
알만 헤이며 잔뼈가 굵은 탓이다
바람 좋은 한 벌판에서 물닭이 소리를 들으며 단이슬 먹고
나이 들은 탓이다
외따른 산골에서 소리개 소리 배우며 다람쥐 동무하고 자
라난 탓이다

우리들은 모두 욕심이 없어 희어졌다

착하디착해서 세과슨* 가시 하나 손아귀 하나 없다

너무나 정갈해서 이렇게 파리했다

우리들은 가난해도 서럽지 않다

우리들은 외로워할 까닭도 없다

그리고 누구 하나 부럽지도 않다

흰밥과 가자미와 나는

우리들이 같이 있으면

세상 같은 건 밖에 나도 좋을 것 같다

---

* 세과슨: 억센.

산곡(山谷)

돌각담에 머루송이 깜하니 익고
자갈밭에 아주까리알이 쏟아지는
잠풍하니* 볕바른 골짜기다
나는 이 골짝에서 한겨울을 나려고 집을 한 채 구하였다

집이 몇 집 되지 않는 골 안은
모두 터알**에 김장감이 퍼지고
뜨락에 잡곡 낟가리가 쌓여서
어느 세월에 비일 듯한 집은 보이지 않았다
나는 자꾸 골 안으로 깊이 들어갔다

---

* 잠풍하니: 바람이 잔잔한 상태.
** 터알: 집 울안에 있는 작은 밭.

골이 다한 산대 밑에 자그마한 돌능와집이 한 채 있어서
이 집 남길동 단 안주인은 겨울이면 집을 내고
산을 돌아 거리로 내려간다는 말을 하는데
해바른 마당에는 꿀벌이 스무남은 통 있었다

낮 기울은 날을 햇볕 장글장글한 툇마루에 걸어앉아서
　지난여름 도락구*를 타고 장진(長津) 땅에 가서 꿀을 치고
돌아왔다는 이 벌들을 바라보며 나는
날이 어서 추워져서 쑥국화꽃도 시들고
이 바지런한 백성들도 다 제집으로 들은 뒤에
이 골 안으로 올 것을 생각하였다

---

* 도락구: 트럭.

바다

바닷가에 왔더니
바다와 같이 당신이 생각만 나는구려
바다와 같이 당신을 사랑하고만 싶구려

구붓하고 모래톱을 오르면
당신이 앞선 것만 같구려
당신이 뒤선 것만 같구려

그리고 지중지중 물가를 거닐면
당신이 이야기를 하는 것만 같구려
당신이 이야기를 끊은 것만 같구려

바닷가는
개지꽃에 개지 아니 나오고

고기비늘에 하이얀 햇볕만 쇠리쇠리하여
어쩐지 쓸쓸만 하구려 섧기만 하구려

고기비늘에 하이얀 햇볕만 쇠리쇠리하여
어쩐지 쓸쓸만 하구려 섧기만 하구려

추야일경(秋夜一景)

닭이 두 홰나 울었는데
안방 큰방은 홰줏하니* 당등**을 하고
인간들은 모두 웅성웅성 깨어 있어서들
오가리며 섞박지를 썰고
생강에 파에 청각에 마늘을 다지고

시래기를 삶는 훈훈한 방안에는
양념 내음새가 싱싱도 하다

밖에는 어데서 물새가 우는데
토방에선 햇콩두부가 고요히 숨이 들어갔다

---

* 홰줏하니: 환하면서 쓸쓸하게.
** 당등: 밤새도록 켜 놓은 등불.

산숙(山宿)

여인숙이라도 국숫집이다

메밀가루 포대가 그득하니 쌓인 윗간은 들믄들믄 더웁기
도 하다

나는 낡은 국수분틀과 그즈런히 나가 누워서

구석에 데굴데굴하는 목침들을 베어 보며

이 산골에 들어와서 이 목침들과 새까마니 때를 올리고
간 사람들을 생각한다

그 사람들의 얼굴과 생업(生業)과 마음들을 생각해 본다

백화(白樺)

산골 집은 대들보도 기둥도 문살도 자작나무다
밤이면 캥캥 여우가 우는 산도 자작나무다
그 맛있는 메밀국수를 삶는 장작도 자작나무다
그리고 감로같이 단샘이 솟는 박우물도 자작나무다
산 너머는 평안도 땅도 보인다는 이 산골은 온통 자작나무
다

나와 나타샤와 흰 당나귀

가난한 내가
아름다운 나타샤를 사랑해서
오늘밤은 푹푹 눈이 내린다

나타샤를 사랑은 하고
눈은 푹푹 내리고
나는 혼자 쓸쓸히 앉아 소주를 마신다
소주를 마시며 생각한다
나타샤와 나는
눈이 푹푹 쌓이는 밤 흰 당나귀 타고
산골로 가자 출출이 우는 깊은 산골로 가 마가리에 살자

눈은 푹푹 내리고
나는 나타샤를 생각하고

나타샤가 아니 올 리 없다
언제 벌써 내 속에 고조곤히 와 이야기한다
산골로 가는 것은 세상한테 지는 것이 아니다
세상 같은 건 더러워 버리는 것이다

눈은 푹푹 내리고
아름다운 나타샤는 나를 사랑하고
어데서 흰 당나귀도 오늘밤이 좋아서 응앙응앙 울을 것이
다

석양

거리는 장날이다
장날 거리에 영감들이 지나간다
영감들은
말상을 하였다 범상을 하였다 족제비상을 하였다
개발코를 하였다 안장코를 하였다 질병코를 하였다
그 코에 모두 학실*을 썼다
돌체돋보기다 대모체돋보기다 로이드돋보기다
영감들은 유리창 같은 눈을 번득거리며
투박한 북관 말을 떠들어 대며
쇠리쇠리한 저녁해 속에
사나운 즘생같이들 사라졌다.

---

* 학실: 돋보기.

고향

나는 북관에 혼자 앓아누워서
어느 아침 의원을 뵈이었다
의원은 여래 같은 상을 하고 관공(關公)의 수염을 드리워
서
먼 옛적 어느 나라 신선 같은데
새끼손톱 길게 돋은 손을 내어
묵묵하니 한참 맥을 짚더니
문득 물어 고향이 어데냐 한다
평안도 정주라는 곳이라 한즉
그러면 아무개 씨 고향이란다
그러면 아무개 씰 아느냐 한즉
의원은 빙긋이 웃음을 띠고
막역지간이라며 수염을 쓴다
나는 아버지로 섬기는 이라 한즉

의원은 또 다시 넌지시 웃고
말없이 팔을 잡아 맥을 보는데
손길은 따스하고 부드러워
고향도 아버지도 아버지의 친구도 다 있었다

절망

북관에 계집은 튼튼하다
북관에 계집은 아름답다
아름답고 튼튼한 계집은 있어서
흰 저고리에 붉은 길동을 달아
검정 치마에 받쳐 입은 것은
나의 꼭 하나 즐거운 꿈이었더니
어느 아침 계집은
머리에 무거운 동이를 이고
손에 어린것의 손을 끌고
가펴러운 언덕길을
숨이 차서 올라갔다
나는 한종일 서러웠다

개

접시 귀에 소기름이나 소뿔 등잔에 아주까리기름을 켜는
마을에서는

겨울 밤 개 짖는 소리가 반가웁다.

이 무서운 밤을 아래윗방성 마을 돌아다니는 사람은 있어
개는 짖는다.

낮배* 어느메 치코**에 꿩이라도 걸려서 산 너머 국숫집에
국수를 받으러 가는 사람이 있어도 개는 짖는다.

---

* 낮배: 낮에.
** 치코: 올가미.

김치 가재미선 동치미가 유별히 맛나게 익는 밤

아배가 밤참 국수를 받으러 가면 나는 큰마니*의 돋보기를
쓰고 앉아 개 짖는 소리를 들은 것이다.

---

* 큰마니: 할머니.

외갓집

내가 언제나 무서운 외갓집은

초저녁이면 안팎마당이 그득하니 하이얀 나비수염을 물은
보득지근한 복족제비들이 씨굴씨굴 모여서는 쨩쨩 쨩쨩 쇳스
럽게 울어 대고

밤이면 무엇이 기왓골에 무릿돌을 던지고 뒤울안 배낡에
째듯하니 줄등을 혜어 달고 부뚜막의 큰 솥 작은 솥을 모조
리 뽑아 놓고 재통*에 간 사람의 목덜미를 그냥그냥 내리눌
러선 잿다리 아래로 처박고

그리고 새벽녘이면 고방 시렁에 차곡차곡 얹어 둔 모랭이
목판 시루며 함지가 땅바닥에 넘너른히 널리는 집이다.

---

* 재통: 변소.

내가 생각하는 것은

밖은 봄철날 따지기*의 누긋하니 푹석한 밤이다
거리에는 사람도 많이 나서 홍성홍성 할 것이다
어쩐지 이 사람들과 친하니 싸다니고 싶은 밤이다

그렇건만 나는 하이얀 자리 위에서 마른 팔뚝의
새파란 핏대를 바라보며 나는 가난한 아버지를
가진 것과 내가 오래 그려 오던 처녀가 시집을 간 것과
그렇게도 살뜰하던 동무가 나를 버린 일을 생각한다

또 내가 아는 그 몸이 성하고 돈도 있는 사람들이
즐거이 술을 먹으러 다닐 것과
내 손에는 신간서 하나도 없는 것과

---

* 따지기: 얼었던 흙이 막 풀리는 초봄 무렵.

그리고 그 '아서라 세상사'라도 들을
유성기도 없는 것을 생각한다

그리고 이러한 생각이 내 눈가를 내 가슴가를
뜨겁게 하는 것도 생각한다

내가 이렇게 외면하고

내가 이렇게 외면하고 거리를 걸어가는 것은 잠풍 날씨가
너무나 좋은 탓이고

가난한 동무가 새 구두를 신고 지나간 탓이고 언제나 꼭같
은 넥타이를 매고 고운 사람을 사랑하는 탓이다

내가 이렇게 외면하고 거리를 걸어가는 것은 또 내 많지
못한 월급이 얼마나 고마운 탓이고

이렇게 젊은 나이로 코밑수염도 길러 보는 탓이고 그리고
어느 가난한 집 부엌으로 달재 생선을 진장에 꼿꼿이 지진
것은 맛도 있다는 말이 자꾸 들려오는 탓이다.

삼호(三湖)

문 기슭에 바다 해 자를 까꾸로 붙인 집
산뜻한 청삿자리 위에서 찌륵찌륵
우는 전복 회를 먹어 한여름을 보낸다

이렇게 한여름을 보내면서 나는 하늑이는
물살에 나이금이 느는 꽃조개와 함께
허리도리가 굵어 가는 한 사람을 연연해 한다

물계리(物界里)

물밑—이 세모래 이남박*은 콩조개만 일다

모래장변—바다가 널어놓고 못 미더워 드나드는 명주 필을

짓궂이 발뒤축으로 찢으면

날과 씨는 모두 양금** 줄이 되어 짜랑짜랑 울었다

---

* 이남박: 안쪽에 여러 줄의 고랑이 지게 파서 만든 함지박.

** 양금: 洋琴. 채로 줄을 쳐서 소리를 내는 현악기.

대산동(大山洞)

비애고지* 비애고지는

제비야 네 말이다

저 건너 노루섬에 노루 없더란 말이지

신미도 삼각산엔 가무라기**만 나더란 말이지

비애고지 비애고지는

제비야 네 말이다

푸른 바다 흰 하늘이 좋기도 좋단 말이지

해밝은 모래장변에 돌비 하나 섰단 말이지

비애고지 비애고지는

---

* 비애고지: 제비의 지저귐 소리를 의성화한 말.

** 가무라기: 백합과의 조개.

제비야 네 말이다
눈 빨갱이 갈매기 발 빨갱이 갈매기 가란 말이지
승냥이처럼 우는 갈매기
무서워 가란 말이지

가무라기의 낙(樂)

가무락조개 난 뒷간거리에

빚을 얻으러 나는 왔다

빚이 안 되어 가는 탓에

가무라기도 나도 모두 춥다

추운 거리의 그도 추운 응달쪽을 걸어가며

내 마음은 우쭐댄다 그 무슨 기쁨에 우쭐댄다

이 추운 세상의 한구석에

맑고 가난한 친구가 하나 있어서

내가 이렇게 추운 거리를 지나온 걸

얼마나 기뻐하며 락단하고

가지런히 손깍지베개 하고 누워서

이 못된 놈의 세상을 크게 크게 욕할 것이다

멧새소리

처마 끝에 명태를 말린다

명태는 꽁꽁 얼었다

명태는 길다랗고 파리한 물고긴데

꼬리에 길다란 고드름이 달렸다

해는 저물고 날은 다 가고 볕은 서러웁게 차갑다

나도 길다랗고 파리한 명태다

문턱에 꽁꽁 얼어서

가슴에 길다란 고드름이 달렸다

박각시 오는 저녁

당콩밥에 가지 냉국의 저녁을 먹고 나서
바가지꽃 하이얀 지붕에 박각시 주락시 붕붕 날아오면
집은 안팎 문을 횅하니 열젖기고
인간들은 모두 뒷등성으로 올라 멍석자리를 하고 바람을
쏘이는데
풀밭에는 어느새 하이얀 디림질 감들이 한불 널리고
도루래며 팥중이 산 옆이 들썩하니 울어 댄다.
이리하여 하늘에 별이 잔콩 마당 같고
강낭 밭에 이슬이 비 오듯 하는 밤이 된다.

너먼집 범 같은 노큰마니[*]

황토 마루 수무낡[**]에 얼럭궁덜럭궁 색동 헝겊 뜯개조박
베짜배기 걸리고 오쟁이 끼애리 달리고 소삼은 엄신 같은 짚
세기도 열린 국수당 고개를 몇 번이고 튀튀 춤을 뱉고 넘어
가면 골안에 아늑히 묵은 영동(楹棟)이 무겁기도 할 집이 한
채 안기었는데

집에는 언제나 센개[***] 같은 게사니[****]가 벅작궁 고아대고
말 같은 개들이 떠들썩 짖어대고 그리고 소거름 내음새 구수
한 속에 엇송아지 히물쩍 너들씨는데
집에는 아배에 삼촌에 오마니에 오마니가 있어서 젖먹이를

---

[*] 노큰마니: 증조모 대의 할머니.
[**] 수무낡: 시무나무.
[***] 센개: 사나운 개.
[****] 게사니: 거위.

마을 청능 그늘 밑에 삿갓을 씌워 한종일내 뉘어 두고 김을 매러 다녔고 아이들이 큰마누래에 작은마누래에 제 구실을 할 때면 종아지물본°도 모르고 행길에 아이 송장이 거적때기에 말려 나가면 속으로 얼마나 부러워하였고 그리고 끼때에 는 부뚜막에 바가지를 아이들 수대로 주룬히 늘어놓고 밥 한 덩이 질개 한술 들여트려서는 먹었다는 소리를 언제나 두고 두고 하는데

일가들이 모두 범같이 무서워하는 이 노큰마니는 구덕살 이°°같이 욱실욱실하는 손자 증손자를 방구석에 들메나무 회추리를 단으로 쩌디 두고 때리고 싸리갱이에 갓진창을 매 어 놓고 때리는데
내가 엄매 등에 업혀 가서 상사말같이 항약°°°에 야기°°°° 를 쓰면 한창 피는 함박꽃을 밑가지채 꺾어 주고 종대에 달 린 제물배도 가지채 쩌 주고 그리고 그 아끼는 게사니 알도

° 종아지물본: 세상 물정.

°° 구덕살이: 구더기.

°°° 항약: 순종하지 않고 대드는 것.

°°°° 야기: 어린아이가 불만스러워 야단하는 짓.

두 손에 쥐어 주곤 하는데

　우리 엄매가 나를 가지는 때 이 노큰마니는 어느 밤 크나큰 범이 한 마리 우리 선산으로 들어오는 꿈을 꾼 것을 우리 엄매가 서울서 시집을 온 것을 그리고 무엇보다도 내가 이 노큰마니의 장조카의 맏손자로 난 것을 대견하니 알뜰하니 기꺼이 여기는 것이었다

동뇨부(童尿賦)

봄첨날 한종일내 노곤하니 벌불 장난을 한 날 밤이면 으레
이 싸개동당*을 지나는데 잘망하니 누워 싸는 오줌이 넓적다
리를 흐르는 따끈따끈한 맛 자리에 펑하니 고이는 척척한 맛

첫여름 이른 저녁을 해치우고 인간들이 모두 터 앞에 나와
서 물외 포기에 당콩 포기에 오줌을 수는 때 터 앞에 밭마당
에 샛길에 떠도는 오줌의 매캐한 재릿한 내음새

긴 긴 겨울밤 인간들이 모두 한잠이 들은 재밤중에 나 혼
자 일어나서 머리맡 쥐발 같은 새끼 요강에 한없이 누는 잘
마렵던 오줌의 사르릉 쪼로록 하는 소리

---

* 싸개동당: 아이가 자면서 오줌똥을 가리지 못하고 자리를 온통 질펀하게 만들어 놓는 일.
여기선 오줌이 몹시 마려운 상황을 뜻함.

　그리고 또 엄매의 말엔 내가 아직 굳은 밥을 모르던 때 살
갖 퍼런 막내고모가 잘도 받아 세수를 하였다는 내 오줌 빛
은 이슬같이 샛말갛기도 샛맑았다는 것이다.

안둥(安東˚)

이방 거리는

비 오듯 안개가 내리는 속에

안개 같은 비가 내리는 속에

이방 거리는

콩기름 조리는 내음새 속에

섶누에 번디 삶는 내음새 속에

이방 거리는

도끼날 벼리는 돌물레 소리 속에

되광대 켜는 되양금 소리 속에

˚ 安東: 당시 만주의 '안둥'.

손톱을 시펄하니 기르고 기나긴 창짜즈*를 즐즐 끌고 싶었
다
만두고깔을 눌러쓰고 곰방대를 물고 가고 싶었다
이왕이면 향내 높은 취향리 돌배 움퍽움퍽 씹으며 머리채
츠렁츠렁 발굽을 차는 꾸냥**과 가지런히 쌍마차 몰아가고
싶었다

---

* 창짜즈: 중국식 긴 저고리.
** 꾸냥: 처녀를 뜻하는 중국말.

함남 도안(咸南道安)

고원선(高原線) 종점인 이 작은 정거장엔

그렇게도 우쭐대며 달가불시며* 뛰어오던 뽕뽕차**가

가이없이 쓸쓸하니도 우두머니 서 있다

햇빛이 초롱불같이 희맑은데

해정한 모래부리 플랫폼에선

모두들 쩔쩔 끓는 구수한 귀이리차를 마신다

칠성고기라는 고기의 쩜벙쩜벙 뛰노는 소리가

쨋쨋하니 들려오는 호수까지는

들쭉이 한불 새까마니 익어 가는 망연한 벌판을 지나가야

---

* 달가불시며: 작은 것이 빠르게 움직이는 모양.
** 뽕뽕차: 산악 지역을 달려 소리가 큰 협궤 열차를 이렇게 표현한 것으로 보인다.

한다.

서행시초(西行詩抄) 1: 구장로(球場路)

삼리(三里) 밖 강쟁변엔 자갯돌에서
비멀이한 옷을 부숭부숭 말려 입고 오는 길인데
산 모롱고지 하나 도는 동안에 옷은 또 함북 젖었다

한 이십 리 가면 거리라던데
한것 남아 걸어도 거리는 보이지 않는다
나는 어느 외진 산길에서 만난 새악시가 곱기도 하던 것과
어느메 강물 속에 들여다보이던 쏘가리가 한 자나 되게 크
던 것을 생각하며
산비에 젖었다는 말렀다 하며 오는 길이다

이젠 배도 출출히 고팠는데
어서 그 옹기장수가 온다는 거리로 들어가면 무엇보다도
먼저 〈주류판매업〉이라고 써 붙인 집으로 들어가자

그 뜨스한 구들에서
따끈한 35도 소주나 한잔 마시고
그리고 그 시래깃국에 소피를 넣고 두부를 두고 끓인 구수
한 술국을 트근히 몇 사발이고 왕사발로 몇 사발이고 먹자

서행시초 2: 북신(北新)

거리에서는 메밀내가 났다
부처를 위하는 정갈한 노친네의 내음새 같은 메밀내가 났
다

어쩐지 향산(香山) 부처님이 가까웁다는 거린데
국숫집에시는 농짝 같은 도야지를 잡아 걸고 국수에 치는
도야지고기는 돗바늘 같은 털이 드문드문 백였다
　나는 이 털도 안 뽑은 도야지고기를 물끄러미 바라보며
　또 털도 안 뽑는 고기를 시꺼먼 맨메밀국수에 얹어서 한입
에 꿀꺽 삼키는 사람들을 바라보며
　나는 문득 가슴에 뜨끈한 것을 느끼며
　소수림왕을 생각한다 광개토대왕을 생각한다

서행시초 3: 팔원(八院)

차디찬 아침인데

묘향산행 승합자동차는 텅하니 비어서

나이 어린 계집아이 하나가 오른다

옛말속같이 진진초록 새 저고리를 입고

손잔등이 밭고랑처럼 몹시도 터졌다

계집아이는 자성(慈城)으로 간다고 하는데

자성은 예서 삼백오십 리 묘향산 백오십 리

묘향산 어디메서 삼촌이 산다고 한다

쌔하얗게 얼은 자동차 유리창 밖에

내지인 주재소장 같은 어른과 어린아이 둘이 내임을 낸다

계집아이는 운다 느끼며 운다

텅 비인 차 안 한 구석에서 어느 한 사람도 눈을 씻는다

계집아이는 몇 해고 내지인 주재소장 집에서

밥을 짓고 걸레를 치고 아이보개를 하면서

이렇게 추운 아침에도 손이 꽁꽁 얼어서
찬물에 걸레를 쳤을 것이다

서행시초 4: 월림(月林) 장

"자시동북팔십천희천"(自是東北八〇粁熙川)의 푯말이 선 곳
돌능와집에 소달구지에 싸리신에 옛날이 사는 장거리에
어느 근방 산천에서 덜걱이 꿱꿱 건방지게 운다

초아흐레 장판에
산 멧도야지 너구리가죽 튀튀새 났다
또 개암에 귀리에 도토리묵 도토리범벅도 났다

나는 주먹다시 같은 떡덩이에 꿀보다도 달다는 강낭엿을
산다
그리고 물이라도 들듯이 샛노랗디샛노란 산골 마가을 볕
에 눈이 시울도록 샛노랗디샛노란 햇기장쌀을 주무르며
기장쌀은 기장차떡이 좋고 기장차랍이 좋고 기장감주가 좋
고 그리고 기장쌀로 쑨 호박죽은 맛도 있는 것을 생각하며

나는 기쁘다

제3부
1940-1948

목구(木具)

오대(五代)나 내린다는 크나큰 집 다 찌그러진 들지고방 어
둑시근한 구석에서 쌀독과 말쿠지와 숫돌과 신둑과 그리고
옛적과 또 열두 제석님과 친하니 살으면서

한 해에 몇 번 매연 지난* 먼 조상들의 최방등 제사에는 컴
컴한 고방 구석을 나와서 대멀머리에 오얏망건을 지르터 맨
늙은 제관의 손에 정갈히 몸을 씻고 교의 위에 모신 신주 앞
에 환한 촛불 밑에 피나무 소담한 제상 위에 떡 보탕 식혜 산
적 나물지짐 반봉 과일들을 공손하니 받들고 먼 후손들의 공
경스러운 절과 잔을 굽어보고 또 애끓는 통곡과 축을 귀에
하고 그리고 합문** 뒤에는 흠향*** 오는 귀신들과 호호히 접

하는 것

　귀신과 사람과 넋과 목숨과 있는 것과 없는 것과 한 줌 흙
과 한 점 살과 먼 옛조상과 먼 훗자손의 거룩한 아득한 슬픔
을 담는 것

　내 손자의 손자와 손자와 나와 할아버지와 할아버지의 할
아버지와 할아버지의 할아버지의 할아버지와………수원 백
씨(水原白氏) 정주 백촌(定州白村)의 힘세고 꿋꿋하나 어질고
정 많은 호랑이 같은 곰 같은 소 같은 피의 비 같은 밤 같은
달 같은 슬픔을 담는 것 아 슬픔을 담는 것

수박씨, 호박씨

어진 사람이 많은 나라에 와서
어진 사람의 짓을 어진 사람의 마음을 배워서
수박씨 닦은 것을 호박씨 닦은 것을 입으로 앞니빨로 밝는
다

수박씨 호박씨를 입에 넣는 마음은
참으로 철없고 어리석고 게으른 마음이나
이것은 또 참으로 밝고 그윽하고 깊고 무거운 마음이라
이 마음 안에 아득하니 오랜 세월이 아득하니 오랜 지혜가
또 아득하니 오랜 인정이 깃들인 것이다
태산의 구름도 황하의 물도 옛 임금의 땅과 나무의 덕도
이 마음 안에 아득하니 뵈이는 것이다

이 작고 가부엽고 갤족한 희고 까만 씨가

조용하니 또 도고하니 손에서 입으로 입에서 손으로 오르내리는 때

벌에 우는 새소리도 듣고 싶고 거문고도 한 곡조 뜯고 싶고 한 오천 말 남기고 함곡관(函谷關)도 넘어가고 싶고

기쁨이 마음에 뜨는 때는 희고 까만 씨를 앞니로 까서 잔 나비가 되고

근심이 마음에 앉는 때는 희고 까만 씨를 혀끝에 물어 까막까치가 되고

어진 사람이 많은 나라에서는

오두미(五斗米)를 버리고 버드나무 아래로 돌아온 사람도

그 옆차개에 수박씨 닦은 것은 호박씨 닦은 것은 있었을 것이다

나물 먹고 물 마시고 팔베개하고 누웠던 사람도

그 머리맡에 수박씨 닦은 것은 호박씨 닦은 것은 있었을 것이다.

북방에서
—정현웅(鄭玄雄)에게

아득한 옛날에 나는 떠났다

부여(夫餘)를 숙신(肅愼)을 발해(渤海)를 여진(女眞)을 요(遼)를 금(金)을,

홍안령(興安嶺)을 음산(陰山)을 아무우르를 숭가리를.

범과 사슴과 너구리를 배반하고

송어와 메기의 개구리를 속이고 나는 떠났다.

나는 그때

자작나무와 이깔나무의 슬퍼하던 것을 기억한다

갈대와 장풍의 붙들던 말도 잊지 않았다

오로촌이 멧돝을 잡아 나를 잔치해 보내던 것도

쏠론이 십릿길을 따라나와 울던 것도 잊지 않았다.

나는 그때

아무 이기지 못할 슬픔도 시름도 없이

다만 게을리 먼 앞대로 떠나 나왔다

그리하여 따사한 햇귀에서 하이얀 옷을 입고 매끄러운 밥
을 먹고 단샘을 마시고 낮잠을 잤다

밤에는 먼 개소리에 놀라 나고

아침에는 지나가는 사람마다에게 절을 하면서도

나는 나의 부끄러움을 알지 못했다.

그동안 돌비는 깨어지고 많은 은금보화는 땅에 묻히고 까
마귀도 긴 족보를 이루었는데

이리하여 또 한 아득한 새 옛날이 비롯하는 때

이제는 참으로 이기지 못할 슬픔과 시름에 쫓겨

나는 나의 옛 하늘로 땅으로—나의 태반으로 돌아왔으나

이미 해는 늙고 달은 파리하고 바람은 미치고 보래구름만
혼자 넋 없이 떠도는데

아, 나의 조상은 형제는 일가친척은 정다운 이웃은 그리운
것은 사랑하는 것은 우러르는 것은 나의 자랑은 나의 힘은

없다 바람과 물과 세월과 같이 지나가고 없다.

허준(許俊°)

그 맑고 거룩한 눈물의 나라에서 온 사람이여
그 따사하고 살뜰한 볕살의 나라에서 온 사람이여

눈물의 또 볕살의 나라에서 당신은
이 세상에 나들이를 온 것이다
쓸쓸한 나들이를 다니러 온 것이다

눈물의 또 볕살의 나라 사람이여
당신이 그 긴 허리를 굽히고 뒷짐을 지고 지치운 다리로
싸움과 흥정으로 왁자지껄하는 거리를 지날 때든가
추운 겨울밤 병들어 누운 가난한 동무의 머리맡에 앉아
말없이 무릎 위 어린 고양이의 등만 쓰다듬는 때든가

° 許俊: 백석과 같은 시대에 활동한 소설가이자 백석의 친구.

당신의 그 고요한 가슴 안에 온순한 눈가에
당신네 나라의 맑은 하늘이 떠오를 것이고
당신의 그 푸른 이마에 삐여진 어깻죽지에
당신네 나라의 따사한 바람결이 스치고 갈 것이다

높은 산도 높은 꼭대기에 있는 듯한
아니면 깊은 물도 깊은 밑바닥에 있는 듯한 당신네 나라의
하늘은 얼마나 맑고 높을 것인가
바람은 얼마나 따사하고 향기로울 것인가
그리고 이 하늘 아래 바람결 속에 퍼진
그 풍속은 인정은 그리고 그 말은 얼마니 좋고 아름다울
것인가

다만 한 사람 목이 긴 시인은 안다
'도스토이에프스키'며 '조이스'며 누구보다도 잘 알고 일등
가는 소설도 쓰지만
아무 것도 모르는 듯이 어드근한 방안에 굴러 게으르는
것을 좋아하는 그 풍속을
사랑하는 어린것에게 엿 한 가락을 아끼고 위하는 아내에

겐 해진 옷을 입히면서도
　마음이 가난한 낯설은 사람에게 수백 냥 돈을 거저 주는
그 인정을 그리고 또 그 말을
　사람은 모든 것을 다 잃어버리고 넋 하나를 얻는다는 크나
큰 그 말을

　그 멀은 눈물의 또 별살의 나라에서
이 세상에 나들이를 온 사람이여
이 목이 긴 시인이 또 게사니처럼 떠곤다고*
당신은 쓸쓸히 웃으며 바둑판을 당기는구려

---

* 떠곤다고: 떠든다고.

『호박꽃초롱』 서시[*]

하늘은

울파주가에 우는 병아리를 사랑한다.

우물돌 아래 우는 도루래를 사랑한다.

그리고 또

버드나무 밑 당나귀 소리를 입내 내는 시인을 사랑한다.

하늘은

풀 그늘 밑에 삿갓 쓰고 사는 버섯을 사랑한다.

모래 속에 문 잠그고 사는 조개를 사랑한다.

그리고 또

두툼한 초가지붕 밑에 호박꽃 초롱 혀고 사는 시인을 사
랑한다.

---

[*] 『호박꽃초롱』은 강소천의 첫 동시집 제목이다. 이 시는 백석이 제자인 강소천에게 써 준 서시.

하늘은

공중에 떠도는 흰 구름을 사랑한다.

골짜구니로 숨어 흐르는 개울물을 사랑한다.

그리고 또

아늑하고 고요한 시골 거리에서 쟁글쟁글 햇볕만 바라는

시인을 사랑한다.

하늘은

이러한 시인이 우리들 속에 있는 것을 더욱 사랑하는데

이러한 시인이 누구인 것을 세상은 몰라도 좋으나

그러나

그 이름이 강소천(姜小泉)인 것을 송아지와 꿀벌은 알을 것

이다.

귀농(歸農)

백구둔(白狗屯*)의 눈 녹이는 밭 가운데 땅 풀리는 밭 가운
데
촌부자 노왕하고 같이 서서
밭최뚝에 즘부러진 땅버들의 버들개지 피어나는 데서
볕은 장글장글 따사롭고 바람은 솔솔 보드라운데
나는 땅임자 노왕에게 석 상디기 밭을 얻는디

노왕은 집에 말과 나귀며 오리에 닭도 우울거리고
고방엔 그득히 감자에 콩 곡식도 들여 쌓이고
노왕은 채매**도 힘이 들고 하루 종일 백령조 소리나 들으
려고

밭을 오늘 나한테 주는 것이고
나는 이젠 귀치않은 측량도 문서도 싫증이 나고
낮에는 마음 놓고 낮잠도 한잠 자고 싶어서.
아전 노릇을 그만두고 밭을 노왕한테 얻는 것이다.

날은 챙챙 좋기도 좋은데
눈도 녹으며 술렁거리고 버들도 잎 트며 수선거리고
저 한쪽 마을에는 마돝에 닭 개 즘생도 들떠들고
또 아이 어른 행길에 뜨락에 사람도 웅성웅성 홍성거려
나는 가슴이 이 무슨 홍에 벅차 오며
이 봄에는 이 밭에 감자 강냉이 수박에 오이며 당콩에 마
늘과 파도 심으리라 생각한다

수박이 열면 수박을 먹으며 팔며
감자가 앉으면 감자를 먹으며 팔며
까막까치나 두더지 돝벌기가 와서 먹으면 먹는 대로 두어
두고
도적이 조금 걷어 가도 걷어 가는 대로 두어두고
아, 노왕, 나는 이렇게 생각하노라

나는 노왕을 보고 웃어 말한다

이리하여 노왕은 밭을 주어 마음이 한가하고
나는 밭을 얻어 마음이 편안하고
디퍽디퍽 눈을 밟으며 터벅터벅 흙도 덮으며
사물사물 햇볕은 목덜미에 간지러워서
노왕은 팔짱을 끼고 이랑을 걸어
나는 뒷짐을 지고 고랑을 걸어
밭을 나와 밭둑을 돌아 도랑을 건너 행길을 돌아
지붕에 바람벽에 울바주에 볕살 쇠리쇠리한 마을을 가리
키며
노왕은 나귀를 타고 앞에 가고
나는 노새를 타고 뒤에 따르고
마을끝 충왕묘(虫王廟)에 충왕을 찾아뵈러 가는 길이다
토신묘(土神廟)에 토신도 찾아뵈러 가는 길이다

국수

눈이 많이 와서

산엣새가 벌로 내려 메기고

눈구덩이에 토끼가 더러 빠지기도 하면

마을에는 그 무슨 반가운 것이 오는가 보다

한가한 애동들은 어둡도록 꿩 사냥을 하고

가난한 엄매는 밤중에 김치 가재미로 가고

마을을 구수한 즐거움에 싸서 은근하니 흥성흥성 들뜨게 하며

이것은 오는 것이다

이것은 어느 양지귀 혹은 응달쪽 외따른 산옆 은댕이* 예데가리밭**에서

---

* 은댕이: 산비탈에 턱이 져 평평한 곳.
** 예데가리밭: 오래 묵은 비탈밭.

하룻밤 뽀오햔 흰 김 속에 접시귀 소기름불이 뿌우현 부
엌에

산멍에* 같은 분틀을 타고 오는 것이다

이것은 아득한 옛날 한가하고 즐겁던 세월로부터

실 같은 봄비 속을 타는 듯한 여름볕 속을 지나서 들쿠레
한 구시월 갈바람 속을 지나서

대대로 나며 죽으며 죽으며 나며 하는 이 마을 사람들의
의젓한 마음을 지나서 텁텁한 꿈을 지나서

지붕에 마당에 우물든덩에 함박눈이 푹푹 쌓이는 여느 하
룻밤

아배 앞에 그 어린 이들 잎에 아배 앞에는 왕사발에 아들
앞에는 새끼사발에 그득히 사리워 오는 것이다

이깃은 그 곰의 잔등에 업혀서 길러 났다는 먼 옛적 큰마
니가

또 그 집 등새기에 서서 재채기를 하면 산넘엣 마을까지
들렸다는

먼 옛적 큰아바지가 오는 것같이 오는 것이다

---

* 산멍에: 산무애뱀의 고어.

아, 이 반가운 것은 무엇인가

이 희스무레하고 부드럽고 수수하고 슴슴한 것은 무엇인
가

겨울밤 쩡하니 익은 동치미국을 좋아하고 얼얼한 댕추가
루를 좋아하고 싱싱한 산꿩의 고기를 좋아하고

그리고 담배 내음새 탄수 내음새 또 수육을 삶는 육수국
내음새 자욱한 더북한 삿방 쩔쩔 끓는 아르굴*을 좋아하는
이것은 무엇인가

이 조용한 마을과 이 마을의 의젓한 사람들과 살뜰하니
친한 것은 무엇인가

이 그지없이 고담(枯淡)하고 소박한 것은 무엇인가

---

* 아르굴: 아랫목.

흰 바람벽이 있어

오늘 저녁 이 좁다란 방의 흰 바람벽에
어쩐지 쓸쓸한 것만이 오고 간다
이 흰 바람벽에
희미한 십오 촉 전등이 지치운 불빛을 내어던지고
때 글은 다 낡은 무명셔츠가 어두운 그림자를 쉬이고
그리고 또 딜디단 따끈한 삼주나 한잔 먹고 싶다고 생각하
는 내 가지가지 외로운 생각이 헤매인다
그런데 이것은 또 어인 일인가
이 흰 바람벽에
내 가난한 늙은 어머니가 있다
내 가난한 늙은 어머니가
이렇게 시퍼러둥둥하니 추운 날인데 차디찬 물에 손을 담
그고 무이며 배추를 씻고 있다
또 내 사랑하는 사람이 있다

내 사랑하는 어여쁜 사람이

어느 먼 앞대 조용한 개포가의 나지막한 집에서

그의 지아비와 마주 앉아 대굿국을 끓여 놓고 저녁을 먹는
다

벌써 어린것도 생겨서 옆에 끼고 저녁을 먹는다

그런데 또 이즈막하여 어느 사이엔가

이 흰 바람벽엔

내 쓸쓸한 얼굴을 쳐다보며

이러한 글자들이 지나간다

　　—나는 이 세상에서 가난하고 외롭고 높고 쓸쓸하니

　살아가도록 태어났다

　　그리고 이 세상을 살아가는데

　　내 가슴은 너무도 많이 뜨거운 것으로 호젓한 것으
　로 사랑으로 슬픔으로 가득찬다

그리고 이번에는 나를 위로하는 듯이 나를 울력하는 듯이

눈질을 하며 주먹질을 하며 이런 글자들이 지나간다

　　— 하늘이 이 세상을 내일 적에 그가 가장 귀해하고 사
　랑하는 것들은 모두

　　가난하고 외롭고 높고 쓸쓸하니 그리고 언제나 넘치

는 사랑과 슬픔 속에 살도록 만드신 것이다
　초생달과 바구지꽃과 짝새와 당나귀가 그러하듯이
　그리고 또 ‘프랑시스 쟘’과 도연명과 ‘라이너 마리아
릴케’가 그러하듯이

촌에서 온 아이

촌에서 온 아이여

촌에서 어젯밤에 승합자동차를 타고 온 아이여

이렇게 추운데 윗동에 무슨 두렁이 같은 것을 하나 걸치고

아랫도리는 쪽 발가벗은 아이여

볼따구에는 징기징기 앙괭이를 그리고 머리칼이 노란 아이

여

힘을 쓰려고 벌써부터 두 다리가 푸둥푸둥하니 살이 찐

아이여

너는 오늘 아침 무엇에 놀라서 우는구나

분명코 무슨 거짓되고 쓸데없는 것에 놀라서

그것이 네 맑고 참된 마음에 분해서 우는구나

이 집에 있는 다른 많은 아이들이

모두들 욕심 사납게 지게굳게 일부러 청을 돋쳐서

어린아이들치고는 너무나 큰 소리로 너무나 튀겁 많은 소

리로 울어 대는데

너만은 타고난 그 외마디소리로 스스로웁게 삼가면서 우
는구나

네 소리는 조금 썩심하니 쉬인 듯도 하다

네 소리에 내 마음은 반끗이 밝아오고 또 호끈히 더워오
고 그리고 즐거워온다

나는 너를 껴안아 올려서 네 머리를 쓰다듬고 힘껏 네 작
은 손을 쥐고 흔들고 싶다

네 소리에 나는 촌 농삿집의 저녁을 짓는 때

나주볕이 가득 드리운 밝은 방안에 혼자 앉아서

실감기며 버선짝을 가지고 쓰렁쓰렁 노는 아이를 생각한다

또 여름날 낮 기운 때 어른들이 모두 벌에 나가고 텅 비인
집 토방에서

햇강아지의 쌀랑대는 성화를 받아 가며 닭의 똥을 주워
먹는 아이를 생각한다

촌에서 와서 오늘 아침 무엇이 분해서 우는 아이여

너는 분명히 하늘이 사랑하는 시인이나 농사꾼이 될 것이
로다

조당(澡塘˚)에서

나는 지나(支那˚˚) 나라 사람들과 같이 목욕을 한다

무슨 은(殷)이며 상(商)이며 월(越)이며 하는 나라 사람들

의 후손들과 같이

한 물통 안에 들어 목욕을 한다

서로 나라가 다른 사람인데

다들 쪽 발가벗고 같이 물에 몸을 녹이고 있는 것은

대대로 조상도 서로 모르고 말도 제가끔 틀리고 먹고 입

는 것도 모두 다른데

이렇게 발가들 벗고 한 물에 몸을 씻는 것은

생각하면 쓸쓸한 일이다

이 딴 나라 사람들이 모두 이마들이 번번하니 넓고 눈은

컴컴하니 흐리고

그리고 길쭘한 다리에 모두 민숭민숭하니 다리털이 없는

것이

이것이 나는 왜 자꾸 슬퍼지는 것일까

그런데 저기 나무판장에 반쯤 나가 누워서

나주볕*을 한없이 바라보며 혼자 무엇을 즐기는 듯한 목이

긴 사람은

도연명은 저러한 사람이었을 것이고

또 여기 더운물에 뛰어들며

무슨 물새처럼 악악 소리를 지르는 삐삐 파리한 사람은

양자(楊子)라는 사람은 아무래도 이와 같았을 것만 같다

나는 시방 옛날 진(晉)이라는 나라나 위(衛)라는 나라에 와

서

내가 좋아하는 사람들을 만나는 것만 같다

이리하여 어쩐지 내 마음은 갑자기 반가워지나

그러나 나는 조금 무서웁고 외로워진다

그런데 참으로 그 은이며 상이며 월이며 위며 진이며 하는

나라 사람들의 이 후손들은
  얼마나 마음이 한가하고 게으른가
  더운물에 몸을 불키거나 때를 밀거나 하는 것도 잊어버리
고
  제 배꼽을 들여다보거나 남의 낮을 쳐다보거나 하는 것인
데
  이러면서 그 무슨 제비의 침이라는 연소탕(燕巢湯)이 맛도
있는 것과
  또 어느 바루* 새악시가 곱기도 한 것 같은 것을 생각하는
것일 것인데
  나는 이렇게 한가하고 게으르고 그러면서 목숨이라든가
인생이라든가 하는 것을 정말 사랑할 줄 아는
  그 오래고 깊은 마음들이 참으로 좋고 우러러진다
  그러나 나라가 서로 다른 사람들이
  글쎄 어린아이들도 아닌데 쪽 발가벗고 있는 것은
  어쩐지 조금 우스웁기도 하다

두보나 이백 같이

오늘은 정월 보름이다

대보름 명절인데

나는 멀리 고향을 나서 남의 나라 쓸쓸한 객고에 있는 신세로다

옛날 두보나 이백 같은 이 나라의 시인도

먼 타관에 나서 이날을 맞은 일이 있었을 것이다

오늘 고향의 내 집에 있는다면

새 옷을 입고 새 신도 신고 떡과 고기도 억병 먹고

일가친척들과 서로 모여 즐거이 웃음으로 지낼 것이언만

나는 오늘 때 묻은 입던 옷에 마른물고기 한 토막으로

혼자 외로이 앉아 이것저것 쓸쓸한 생각을 하는 것이다

옛날 그 두보나 이백 같은 이 나라의 시인도

이날 이렇게 마른물고기 한 토막으로 외로이 쓸쓸한 생각을 한 적도 있었을 것이다

나는 이제 어느 먼 외진 거리에 한 고향 사람의 조그마한
가업집이 있는 것을 생각하고
이 집에 가서 그 맛스러운 떡국이라도 한 그릇 사 먹으리
라 한다
우리네 조상들이 먼먼 옛날로부터 대대로 이날엔 으레이
그러하며 오듯이
먼 타관에 난 그 두보나 이백 같은 이 나라의 시인도
이날은 그 어느 한 고향 사람의 주막이나 반관(飯館)을 찾
아가서
그 조상들이 대대로 하던 본대로 원소(元宵)라는 떡을 입
에 대며
스스로 마음을 느꾸어 위안하지 않았을 것인가
그러면서 이 마음이 맑은 옛 시인들은
먼 훗날 그들의 먼 훗자손들도
그들의 본을 따서 이날에는 원소를 먹을 것을
외로이 타관에 나서도 이 원소를 먹을 것을 생각하며
그들이 아득하니 슬펐을 듯이
나도 떡국을 놓고 아득하니 슬플 것이로다
아, 이 정월 대보름 명절인데

거리에는 오독독이* 탕탕 터지고 호궁(胡弓**) 소리 삘삘
높아서

내 쓸쓸한 마음엔 자꾸 이 나라의 옛 시인들이 그들의 쓸
쓸한 마음들이 생각난다

내 쓸쓸한 마음은 아마 두보나 이백 같은 사람들의 마음
인지도 모를 것이다

아무려나 이것은 옛투의 쓸쓸한 마음이다

마을은 맨천 귀신이 돼서

나는 이 마을에 태어나기가 잘못이다
마을은 맨천 귀신이 돼서
나는 무서워 오력을 펼 수 없다
자 방안에는 성주님
나는 성주님이 무서워 토방으로 나오면 토방에는 지운귀신
나는 무서워 부엌으로 들어가면 부엌에는 부뚜막에 조왕
님

나는 뛰쳐나와 얼른 고방으로 숨어 버리면 고방에는 또 시
렁에 제석님
나는 이번에는 굴통 모퉁이로 달아 가는데 굴통에는 굴때
장군
얼혼이 나서 뒤울안으로 가면 뒤울안에는 곱새녕 아래 철
룽귀신

나는 이제는 할 수 없이 대문을 열고 나가려는데 대문간에
는 근력 세인 수문장

나는 겨우 대문을 삐쳐나 바깥으로 나와서

밭 마당귀 연자간 앞을 지나가는데 연자간에는 또 연자망
귀신

나는 고만 기겁을 하여 큰 행길로 나서서 마음 놓고 화리
서리 걸어가다 보니

아아 말 마라 내 발뒤축에는 오나가나 묻어다니는 달걀귀
신

미을은 온 데 긴 데 귀신이 돼서 나는 아무 네노 살 수 없
다

칠월 백중

마을에서는 세벌 김을 다 매고 들에서
개장취념*을 서너 번 하고 나면
백중 좋은 날이 슬그머니 오는데
백중날에는 새악시들이
생모시치마 천진포치마의 물팩치기** 껑추렁한 치마에
소주포적삼 항라적삼의 자지고름이 기드렁한 적삼에
한끝나게 상 나들이옷을 있는 대로 다 내 입고
머리는 다리를 서너 켤레씩 들여서
시뻘건 꼬둘채 댕기를 삐뚜룩하니 해 꽂고
네날배기 따배기신을 맨발에 바꿔 신고
고개를 몇이라도 넘어서 약물터로 가는데

---

* 개장취념: 각자가 얼마씩 돈을 내어 개장국을 끓여 먹는 것.
** 물팩치기: 무릎까지 오는.

무썩무썩 더운 날에도 벌길에는

건들건들 씨연한 바람이 불어오고

허리에 찬 남갑사 주머니에는 오랜만에 돈푼이 들어 즈벅
이고

광지보에서 나온 은장도에 바늘집에 원앙에 바둑에

번들번들 하는 노리개는 스르럭스르럭 소리가 나고

고개를 몇이라도 넘어서 약물터로 오면

약물터엔 사람들이 백재일치듯 하였는데

본가집에서 온 사람들도 만나 반가워하고

깨죽이며 문추며 섶가락 앞에 송기떡을 사서 권하거니 먹
기니 하고

그러다는 백중물을 내는 소나기를 함뿍 맞고

호주를 하니 젖어서 달아나는데

이번에는 꿈에도 못 잊는 본가집에 가는 것이다

본가집을 가면서도 칠월 그믐 초가을을 할 때까지

평안하니 집살이를 할 것을 생각하고

아끼는 옷을 다 적시어도 비는 씨원만 하다고 생각한다

남신의주 유동 박시봉방(南新義州 柳洞 朴時逢方)

어느 사이에 나는 아내도 없고, 또,

아내와 같이 살던 집도 없어지고,

그리고 살뜰한 부모며 동생들과도 멀리 떨어져서,

그 어느 바람 세인 쓸쓸한 거리 끝에 헤매이었다.

바로 날도 저물어서,

바람은 더욱 세게 불고, 추위는 점점 더해 오는데,

나는 어는 목수네 집 헌 삿을 깐,

한 방에 들어서 쥔을 붙이었다.[*]

이리하여 나는 이 습내 나는 춥고, 누긋한 방에서,

낮이나 밤이나 나는 나 혼자도 너무 많은 것같이 생각하

며,

---

[*] 쥔을 붙이었다: 잠시 머물러 잘 수 있는 집을 정했다는 뜻.

질옹배기에 북덕불이라도 담겨 오면,

이것을 안고 손을 쬐며 재 위에 뜻없이 글자를 쓰기도 하며,

또 문밖에 나가지도 않고 자리에 누워서,

머리에 손깍지베개를 하고 굴기도 하면서,

나는 내 슬픔이며 어리석음이며를 소처럼 연하여 쌔김질하는 것이었다.

내 가슴이 꽉 메어 올 적이며,

내 눈에 뜨거운 것이 핑 괴일 적이며,

또 내 스스로 화끈 낯이 붉도록 부끄러울 적이며,

나는 내 슬픔과 어리석음에 눌리어 숙을 수밖에 없는 것을 느끼는 것이었다.

그러나 잠시 뒤에 나는 고개를 들어,

허연 문창을 바라보든가 또 눈을 떠서 높은 천정을 쳐다보는 것인데,

이 때 나는 내 뜻이며 힘으로, 나를 이끌어가는 것이 힘든 일인 것을 생각하고,

이것들보다 더 크고, 높은 것이 있어서, 나를 마음대로 굴려 가는 것을 생각하는 것인데,

이렇게 하여 여러 날이 지나는 동안에,

내 어지러운 마음에는 슬픔이며, 한탄이며, 가라앉을 것은 차츰 앙금이 되어 가라앉고,

외로운 생각만이 드는 때쯤 해서는,

더러 나줏손에 쌀랑쌀랑 싸락눈이 와서 문창을 치기도 하는 때도 있는데,

나는 이런 저녁에는 화로를 더욱 다가끼며, 무릎을 끓어 보며,

어느 먼 산 뒷옆에 바위 섶에 따로 외로이 서서,

어두워 오는데 하이야니 눈을 맞을, 그 마른 잎새에는,

쌀랑쌀랑 소리도 나며 눈을 맞을,

그 드물다는 굳고 정한 갈매나무라는 나무를 생각하는 것이었다.

백석 시의 꿈과 힘

| 이숭원[*] |

1. 독자적 개성의 미학

백석은 본명이 백기행(白夔行)으로 1912년 7월 1일 평북 정주에서 태어났다. 1918년에 오산소학교를 입학하여 학제 개편에 의해 1929년에 5년제로 오산고등보통학교를 졸업하였다. 경제 사정 때문에 상급학교에 진학하지 못한 백석은 고향에 머물러 있다가 1930년 1월 조선일보 신년현상문예에 단편 소설 「그 모(母)와 아들」을 응모하여 1등으로 당선되었다. 이

___

[*] 문학평론가, 서울여대 국문과 교수.

것이 계기가 되어, 정주 출신의 부호 방응모의 장학금 지원을 받아 그 해 4월 동경 청산학원 영어사범과에 입학하게 된다.

1934년 3월 청산학원을 졸업하고 귀국하여 방응모가 인수한 조선일보의 교정부 기자로 근무하였다. 틈틈이 산문을 번역하였고, 「마을의 유화」, 「닭을 채인 이야기」라는 소설도 발표하였다. 1935년 8월 30일자 『조선일보』에 시 「정주성」을 발표하여 시인으로의 전환을 꾀하였다. 그해 연말 『조광』지에 6편의 시를 발표하였고 그 다음 해인 1936년 1월 20일자로 시집 『사슴』을 간행하였다.

1936년 3월 『조선일보』 기자를 사직하고 4월에 함흥 영생고등보통학교의 영어 교사로 부임했다. 1936년 10월 부친이 조선일보 사진부 촉탁으로 입사하여 가족이 서울로 이주하였다. 1938년 12월 영생고보를 사임하고 다시 서울로 이주하여 조선일보 출판부에 재입사하였다. 1939년 10월 21일에 다시 조선일보사에 사표를 내고 평안도와 함경도 지역을 여행하였으며, 1940년 1월경 만주의 신경으로 이주하였다. 이후 여러 직업을 거치면서 객지 생활을 하였다.

1945년 해방을 맞이하여 고향에 돌아와 정착하였다. 1947년 문학예술총동맹 외국문학분과원으로 활동하면서 러시아 작품들을 번역 출판하였고 동화 창작에 전념하여 1957년에 동화시집『집게네 네형제』를 발표했다. 북한 사회가 교조화되면서 농장으로의 이주 명령을 받아 1959년 1월 양강도 삼수군 관평리의 국영협동농장으로 내려가 농사일을 시작했으며, 이때부터 다시 시작품을 발표하기 시작했다. 그러나 1962년 10월 이후 복고주의 비판 조류에 의해 일체의 창작 활동이 중단되었다. 가족과 함께 농장에서 살다가 1995년 1월 84세의 나이로 타계한 것으로 알려졌다.

1935년 8월 첫 작품을 발표한 때부터 1941년 4월『문장』과『인문평론』이 강제 폐간되어 한국어 글쓰기가 중단된 시점까지 그가 발표한 일련의 작품들은, 민속에게 주어진 가혹한 시기에 자신의 삶의 터전인 고향의 모습과 고향을 떠나 떠도는 예민한 자아의 내면풍경을 자신만의 독자적인 어법으로 표현하여 매우 개성적인 시의 미학을 창조했다. 주관적 윤색을 배제하고 외부적 관찰자의 입장을 취하면서도 이면에 감정의 윤기를 담은 그의 독특한 화법은 풍속과 인정과 말이 일체화된 생생한 삶의 단면을 뚜렷한 영상으로 재구성해 내는 데 성공했다. 우리는 백석의 시를 통하여 이 시기 사람들이 영위한 삶의 실상을 역사책이나 소설책 이상으로 실감 있게 체감하게 된다.

시집 『사슴』에 수록된 시는 어린 날의 회상을 통해 토속적 세계를 재현한 작품과 감정의 절제를 통해 풍경이나 정황의 이미지를 제시한 작품으로 크게 나누어진다. 시집 이후의 작품에서도 이러한 두 성향은 그대로 이어지는데, 어른의 시점에서 자기 생각을 뚜렷이 드러내면서 서정적 자아 '나'가 더욱 빈번하게, 그리고 뚜렷하게 모습을 드러내면서 서정적 자아가 대상을 대하는 태도에도 변화가 일어난다. 백석은 구제척인 생활의 영역에서 타인의 삶과 그 삶을 구성하는 내면세계에 관심을 보이면서 자신의 생각을 더욱 심화시켜 간다. 자신의 삶이 더욱 가혹한 상태로 기울어가고 세상과의 소외감이 심화될수록 그는 오히려 자신의 고고한 마음의 자리를 유지하려고 했다. 세상과 화합하지 못하는 시적 자아는 과거의 시간에서 위안을 얻고 격리된 공간에서 안식을 얻는다. 근대 문명의 시각에서 보자면 누추하고 비속하게 보이는 장면들을 보여주면서 근대의 물결 속에 사라져가는 토속적 세계의 정경을 사실적으로 그려내고자 했으며, 물질적 계량주의가 확대되는 시기에 고립을 축복으로 전환시키는 '소외의 미학'을 실현하고자 했다. 그는 식민지 체제가 기획하는 근대지향성의 역방향에 서서 자신만의 독특한 미학을 구사한 것이다.

2. 평화로운 삶의 복원

가즈랑집

시집 『사슴』의 첫머리를 장식한 작품이다. 가즈랑집에 사는 한 할머니를 소개하기 위해 우선 그 할머니를 만나기 위해 넘어야 하는 가즈랑고개의 특징을 압축적으로 서술했다. 그곳은 승냥이와 쇠메든 도적이 출몰하는 인적 드문 산골짜기 고개다. 그리고 그 가즈랑고개 위에 할머니의 집이 있다. "고개 밑의 산 너머 마을"이라는 말로 볼 때 고개 아래 산이 있고 그 산을 넘어야 비로소 인가가 나오는 것을 알 수 있다. 산짐승이 산 너머 마을에 내려와 돼지새끼라도 물고 가면 산짐승을 쫓는 꽹과리 소리가 이곳까지 들려오기도 한다. 이곳 가즈랑집은 산짐승이 수시로 출몰하기 때문에 가축을 기를 생각은 아예 할 수가 없다.

화자가 회상하는 할머니는 바로 그 무서운 집에 혼자 살고 있다. 할머니는 예순이 넘었고 자식 없이 혼자 지내는데 그래도 중처럼 정갈한 기품을 유지하고 있다. 그러면서도 상당히 강인한 기질을 지니고 있어서 마을에 들르게 되면 긴 담뱃대에 독한 막써레기를 넣고 몇 대씩이나 연이어 피운다. 그 모습은 맹수나 사나운 도적도 무서워하지 않는 야성적 생명력을 연상시킨다. 시집 이후의 작품인 「북신」 같은 시에 보이는 산골 사람들의 야성적 생명력에 대한 관심이 이 작품에 벌써 모습을 드러내고 있다. 할머니와 마을 사람들이 나누는 이야기는 신비롭기만 하다. 간밤에 방문 앞 섬돌에 승냥이가 왔었다는 이야기나 어느 산골에서 곰이 아이를 돌보며 키운다는 이야기는 문명사회에 살고 있는 화자에게는 아득한 옛날의 귀신 이야기 같기만 하다.

“옛말의 귀신 집에 있는 듯이”를 매개로 하여 화자의 기억은 무속과 관련된 이야기로 접어든다. 이 할머니는 나나 누이가 태어났을 때 무명천에 이름을 쓰고 백지에 사주를 적어 고리에 담아 귀신을 모시는 시렁에 얹어 놓고 그분이 모시는 대감님께 수양 자식으로 삼아 명이 길고 복이 많게 해 달라고 축원했던 분이다. 화자는 “귀신의 딸”이라는 말로 이 할머니가 무녀임을 암시하는데, 그래서 병을 앓을 때에도 그것이 신장님이 자기를 단련시키는 것이라 생각하고 혼자서 병을 감내한다. 그러한 할머니의 모습에 대해 어린 화자는 연민의 정을 느낀다.

사람들이 두렵게 여기는 할머니지만 화자에게는 여러 가지 좋은 추억을 많이 남겨 주었다. 만물이 생동하여 토끼도 살이 오르는 봄이 오면 아래쪽 들판에 갖가지 야생 식물이 돋아난다. 할머니는 그곳에서 봄나물을 채취하는데 화자는 할머니를 따라다니며 할머니가 만들어 줄 맛있는 음식들을 떠올린다. 여름철에 먹게 될 무릇우림, 둥굴레우림의 단맛과 가을에 먹게 될 도토리묵과 도토리범벅의 맛까지도 미리 연상하며 입맛을 다신다.

봄의 추억은 여름의 추억으로 이어진다. 뒤란의 살구나무 아래서 떨어진 살구를 찾던 화자는 살구 벼락을 맞고 울음을 터뜨린다. 살구 열매는 작고 단단하기 때문에 한꺼번에 머리에 떨어지면 어린애에게는 상당히 아프다. 머리는 아프지만 먹고 싶던 살구를 많이 얻게 되니까 자기도 모르게 웃음이 난다. 어린애들을 놀리는 말로 울다가 웃으면 똥구멍에 털이 난다는 말이 있다. 할머니는 울다가 웃는 화자를 보고 밑구멍에 털이 몇 자나 났나 보자고 장난스럽게 잡아끈다.

살구나무가 있는 곳에는 으레 복숭아나무가 있다. 그래서 살구의 추억은 복숭아의 추억으로 이어진다. 찰복숭아는 당도가 높고 씨가 육질에 단단히 붙어 있어서 찰복숭아를 먹다가 씨를 함께 삼키는 수가 있다. 화자 역시 찰복숭아를 먹다가 씨를 삼키고서 혹시 탈이 나는 것이 아닌가 걱정이 되어 놀지도 못하고 밥도 먹지 않았다고 했다. 그렇게 죽을 것처럼 고생을 한 기억도 당수 먹은 강아지처럼 가즈랑집 근처를 정신없이 돌아다니던 즐거운 추억 속에 융합된다.

어린 날의 맛있는 음식, 재미있는 놀이, 사소한 걱정거리 등 즐겁게 회상되는 여러 가지 일들이 모두 가즈랑집 할머니와 연결되어 있다. 화자는 서두 부분에 가즈랑집 할머니가 거주하는 곳을 무섭고 기이한 공간으로 소개했고 할머니가 신장을 섬기는 무녀라고 소개한 다음에 어린 시절의 천진하고 아름다운 추억이 그 할머니와 얽혀 있음을 서술했다. 어린이의 천진한 기억 속에 할머니의 모습이 한편으로는 무섭고 한편으로는 측은하게 여겨지기도 하지만, 즐거운 유희의 공간 속에서는 한없이 다정다감하고 친근한 자애로운 할머니의 영상으로 떠오르는 것이다.

여우난골족

　이 시에는 평안북도 산골마을의 독특한 풍속이 그곳의 방언으로 제시되어 있다. 이러한 독특한 시어와 소재를 통해 이 시가 드러내고자 하는 것은 한국인의 보편적인 삶이다. 요컨대 가장 지방적이고 특수한 것을 통해 가장 전형적이고 보편적인 삶의 모습을 드러내는 방법을 구사한 것이다. 이러한 미학은 백석 이전에 보여준 사람이 없었고 그 이후에도 백석만큼 철저하게 이 시법을 수행한 사람이 없다. 그만큼 백석의 개성은 문학사적으로 독보적인 자리에 놓인다.

　이 시는 산문시 형태를 취하고 있지만 자유시보다 더 두드러진 율동감을 나타낸다. 그 율동감은 명질이 내포한 놀이의 흥겨움을 그대로 반영하는 운율적 효과를 갖는다. 그것은 또한 놀이에 참여한 구성원들의 천진성을 드러내는 역할도 한다. 그 율동감은 복잡한 운율적 장치에 의해서가 아니라 반복, 열거, 대구 등의 단순한 방법에 의해 조성된다. 비유의 방법 역시 세련된 것이 아니라 일상적 구어(口語)의 어법을 그대로 활용하거나 시골의 토속적인 사물을 통해 비유하는 방법을 택했다. 이것은 도시의 세련된 비유를 의도적으로 거부하고 농촌의 소박한 어법을 그대로 차용하려는 백석의 자각적 방법론이다.

"여우난골족"은 '여우가 나오는 골짜기에 사는 가족'이라는 뜻이다. 큰집이 있는 곳이 '여우난골'이고 명절날 그곳으로 모인 친척이 '여우난골족'이다. 네 연으로 구분된 각 연의 시상 전개는 일종의 연극적 구성을 보인다. 1연은 연극이 벌어질 공간의 제시이며 2연은 연극의 등장인물을 소개한 것이고 3연은 명절의 옷과 음식을 통하여 흥성스러운 분위기를 제시한 것이다. 넷째 연에 이르러 비로소 연극의 본마당이 펼쳐진다. 연극의 본마당은 가족 구성원이 모두 참여하는 놀이의 공간이다. 2연과 4연이 다른 연에 비해 길이가 긴데 이것은 그 두 부분이 의미 있는 대목임을 나타낸다. 즉 이 시에서 중요한 의미를 지니는 것은 명절에 참여한 사람들과 그들이 벌이는 놀이다.

연극의 공간으로 진입하는 첫 장면은 출발부터가 흥겹다. 나는 엄마 아버지를 따라가고 우리집 개는 나를 따라간다는 설정은 산골 마을 가족의 화목한 모습을 천진하게 나타낸다. 다음에 등장하는 인물들은 백석이 어릴 때 대했던 실제의 인물들이다. 신리에 사는 고모는 얼굴이 약간 얽었으며 말할 때마다 눈을 껌벅거리는 버릇이 있는데, 하루에 베 한 필을 짤

정도로 부지런하다. 토산에 사는 고모는 열여섯에 마흔이 넘은 홀아비의 후처로 들어갔는데, 그래서인지 공연히 화를 잘 내고 살빛은 마치 메주를 쑤고 남은 물처럼 검은 빛을 띠었다. 큰골 고모는 산 하나 건너 있는 해변에 사는 과부다. 그래서 흰옷을 단정하게 입고, 혼자 아이 셋을 키우는 것이 힘들어서인지 눈물을 흘릴 때가 많다. 슬픔을 달래려고 술을 자주 먹었는지 코끝이 빨갛게 되었다. 삼촌은 배나무 접을 잘 붙이고 오리 덫을 잘 놓는 기술이 있는데 술에 취하면 토방 돌을 뽑겠다고 주정을 하기도 한다. 풍어 때가 되면 먼 섬에 혼자 가서 밴댕이젓을 담그고 온다고 한 것으로 보아 낭만적인 기질을 지닌 것 같다. 세 명의 고모와 한 명의 삼촌, 그리고 그들의 자손인 백석의 사촌들이 할머니 할아버지가 있는 안방에 그득히 모인 장면은 상상만으로도 풍요로운 느낌을 자아낸다.

세련된 도시의 감각으로 보면 여기 등장하는 인물들은 정상에서 조금씩 벗어나 있다. 얼굴이 좀 얽었거나, 눈을 껌벅거리거나, 열여섯에 마흔이 넘은 홀아비의 후처가 되었거나, 코끝이 빨간 과부거나, 술주정이 심하거나 한 인물들이다. 이 인물들은 도시의 세련된 시각에서 보면 무언가 부족해 보이지만 시골에 가면 지극히 흔하게 접하게 되는 평범하고 소박한 인물들이다.

그런데 이 약점을 지닌 인물들이 펼쳐 보이는 정경은 그지없이 평화롭고 풍성하다. 이들이 모여서 함께 이야기하고 음식을 먹고 놀이를 하는 큰집의 공간 속에서는 인물들의 개인적 약점은 모두 가려진다. 개인적 약점을 넘어서서 이룩되는 평화롭고 풍성한 유대감은 그곳을 충만한 화합의 공간으로 만든다. 그들의 인간적 결함조차 이곳에서는 가족끼리의 정겨운 친화력으로 작용한다.

4연은 이 시의 본마당인 놀이 장면이다. 앞부분은 해 지기 전까지 마당에서 노는 장면이고 뒷부분은 해가 진 후 방 안에서 노는 장면이다. 여기 나오는 놀이들은 지금은 아주 생소한 것들이다. 백석은 사라져 가는 어린 시절의 놀이를 세세히 떠올려 그것을 정성껏 열거해 놓았다. 웃고 떠들며 밤을 지새우던 놀이의 시간 속에 평화스럽고 충족된 세계가 보존되어 있다고 생각했기 때문일 것이다. 이것은 단순한 고향 풍물의 회상이라든가 사라져 가는 것에 대한 애착의 심정과는 질적으로 다른 차원에 속한다. 이 시는 개개의 가족 구성원이 모여 이루는 공동체적 합일의 공간 속에 우리들 생활의 힘과

기쁨과 보람이 담겨 있다는 믿음을 내포하고 있다.

백석의 시가 놀이와 음식에 관심을 보인 것은 이 두 가지가 본능에 밀착된 그리움을 환기하기 때문이다. 먹는 것과 노는 것은 인간의 가장 원초적인 본능이다. 그래서 그것과 관련된 기억은 평생 지워지지 않고 반복되어 재생된다. 그는 먹는 것과 노는 것, 이 두 가지 요소를 기본 축으로 하여 그의 기억 속에 긴밀하게 자리 잡고 있는 "여우난골족"의 삶의 실체를, 그 안에 있는 근원적 세계를 탐구해 가려 했다. 그렇기 때문에 '여우난골족'은 단독으로 떨어져 있는 개별적 대상이 아니라 공동체적 삶을 누리고 있는 민족 전체의 제유다. 이 시가 백석 시의 내표작으로 꼽히는 이유가 바로 여기에 있다.

통영

백석은 '통영'이라는 제목으로 세 편의 작품을 지었는데, 이 시는 1936년 1월 23일에 『조선일보』 지면에 발표한 작품으로 세 편의 통영 시 중 가장 길이가 긴 작품이다. 이 시는 매우 흥겨운 율동감을 갖고 있다. 길이도 길고 연도 여러 번 나누어지며 그때마다 시적 대상도 달라진다. 새로 보는 풍물에 신기해하며 다양한 상상을 하는 화자의 설레는 마음을 느낄 수 있다. 그것은 이 시가 여행 체험을 담았기 때문이기도 하지만 한 여인에 대한 연정을 담은 것이기에 그런 느낌이 표현되었을 것이다.

백석은 구마산의 선창에서 연락선을 타고 통영으로 갔다. 백석은 첫 시행에서부터 "좋아하는 사람이 울며 내리는 배"라는 말을 넣어 연모의 감정을 표현하면서 실연의 예감 같은 것도 함께 담아 놓았다. 구마산에서 통영으로 배를 타고 오며 통영을 바라보니 그 모양이 그 지역의 특산물인 갓처럼 보인다고 말했다. 수면 위로 미륵산이 높이 솟아 있는 통영의 모습이 정말 갓처럼 보였을 것이다.

비릿한 갯내가 감도는 해안의 느낌을 짭짤하다는 미각으로 압축해서 말한 것도 놀라운 요약의 솜씨다. 그러나 눈에 들어오는 통영의 풍물은 상당히 자세하게 소개했다. 새벽부터 거리에서 "쾅쾅 북이 울고" 밤새껏 바다에서 "뿡뿡 배가" 우는 역동적인 항구의 모습을 재미있는 의성어로 흥겹게 표현했다. 그 당시 마산과 통영은 일본인들이 많이 들어와 살았기 때문에 경제적으로 상당히 활기찬 모습을 보여 주었을 것이다. 집집마다 커다란 대구를 말리는 모습이라든가 처녀들이 모두 어장주한테 시집을 가고 싶어 한다는 구절, 일용 잡화를 파는 황아장수 영감까지 일본말을 잘한다는 점 등에서 재화의 유통이 활발히 이루어지는 곳임을 짐작할 수 있다.

이 시에 "열나흘 달"이라는 말이 나오는 것으로 볼 때 통영을 방문한 시점은 음력 12월 14일, 양력으로는 1936년 1월 8일임을 알 수 있다. 이때 백석은 친구인 신현중과 함께 통영에 갔는데 그가 좋아하는 여인을 만날 생각도 했다고 한다. 그 여인은 이 시에 "난(蘭)"이라는 이름으로 등장한다. 그 여인의 집은 충무공의 사당에서 가까운 명정골에 있었다고 한다. 여기 나오는 "금(錦)이라던 이"와 "난(蘭)이라는 이"는 백석이 전에 한 번 보았던 사람을 이름을 바꾸어 호칭한 것이다. 무심히 두 여성이 이름을 든 것 같지만, '라던'과 '라는'이라는 말의 차이에서 두 사람에 대한 감정의 차이가 은밀히 드러난다. 요컨대 "금(錦)"은 과거에 한 번 보았던 사람의 이름이고 "난(蘭)"은 지금도 자기가 마음에 담아두고 있는 사람의 이름임을 나타낸 것이다.

그는 명정골의 이름과 유래, 그곳의 풍정까지 언급하면서 그곳에 사는 여인 '난'에 대한 연모의 감정을 간접적으로 내비치고 있다. "동백꽃 피는 철엔 타관 시집을 갈 것만 같은데"라는 말을 통해서 다른 지역의 사람과 혼인할 가능성을 암시하는가 하면, 느닷없이 평안도에서 온 여인을 등장시켜 자신의 존재를 간접적으로 드러내고 있다. 말하자면 타향인 평안도에서 온 사람과 동백꽃 피는 철에 결혼을 하면 어떻겠느냐는 생각이 이 구절에 암시되어 있는 것이다.

그런데 백석은 그곳에서 그 여인을 만나지 못하고 돌아왔다고 한다. 마지막 시행에 담긴 고립과 단절의 정황은 그 여인을 만나지 못한 허전함과 실망감의 표현일 것이다. 한 사람은 돌층계에 주저앉아 슬픈 표정을 짓고 있고 또 한 사람은 달을 바라보며 손방아만 찧고 있는 것이다. 그는 자신과 그 여인 사이에 가로놓인 마음의 단층을 시각적 형상을 통해 표현했는데 "영 낮은 집 담 낮은 집 마당만 높은 집"이 바로 그것이다. 지붕도 낮고 담도 낮아서 쉽게 접근할 것 같았는데 뜻밖에 마당이 높아 순조로운 접근을 가로막고 있다는 암시다. 그래서 자신의 몸은 돌층계에 주저앉아 있지만 실제로는 한산도 앞바다를 정처 없이 헤매는 뱃사공 같다는 느낌이 든 것이다. 홍겨운 율동감으로 출발한 이 시는 안타깝게도 쓸쓸한 슬픔의 정서로 마무리된다.

연자간

이 시는 토착어에 기반을 둔 백석의 뛰어난 구어적 언어 감각이 유감없이 발휘된 명편이다. 봄날의 흥겨운 정경을 살가운 토박이말과 흥청거리는 반복의 운율을 통해 감칠맛 나게 잘 드러냈다. 그리고 여기에는 백석이 추구하는 평화로운 삶에 대한 동경도 깃들어 있다.

연자간은 연자방앗간의 준말로 소나 말 같은 동물을 이용하여 연자매를 돌려서 곡식을 찧는 방앗간을 말한다. 밤에는 곡식을 찧지 않으니 달빛만 환하게 비치고, 지나가던 거지가 잠시 몸을 눕히기도 하고, 도둑개가 먹을 것을 찾아 숨어들기도 한다. 날이 밝아 아짐이 되면 볕살이 갈라져 들어오고, 연자간에 있는 풍구가 커다랗게 드러나 보이고, 연자방아를 돌리는 얼룩소도 보인다. 이처럼 밤이건 낮이건 연자간 주변의 자연물이나 사람은 차별 없이 즐거운 모습을 보여 주며, 화해로운 융화의 상태를 보인다. 봄이 되니 도둑고양이도 추위에서 벗어나 영양 상태가 좋아졌는지 발톱이 새로 돋아나고, 족제비도 살이 올라 편안해졌는지 길게 기지개를 켠다. 횃대에 올라선 닭은 알을 낳았다고 소리치고 강아지는 땅바닥에 떨어진 겨를 주워 먹고 여기저기 오줌을 싸고 돌아다닌다. 큰

개들은 게걸스럽게 모여 싸움짓거리를 하고 우리에서 나와 도망갔던 돼지는 둥그렇게 감싸 안긴 상태로 잡혀 온다. 송아지도 잘 놀고 까치도 연이어 짖어 댄다.

거지의 경우만 빼면 자연의 즐겁고 흥성거리는 모습이 열거되었다. 다음 대목에 비로소 인간의 일이 개입된다. 연자간 앞을 지나가는 사람들의 두 가지 양상을 제시했다. "신영길"은 '신행길'의 구어적 와전이다. '신행'이란 결혼할 때 신랑이나 신부가 처음 상대의 집으로 가는 것을 말한다. 신행길의 말은 신랑을 태우고 봄날의 첫 결혼을 알리는 즐거운 울음소리를 내며 갈 것이다. 장을 돌아다니는 당나귀도 봄을 맞이하여 새로운 짐을 싣고 장꾼을 따라 거기 맞는 울음소리를 내며 걸어간다. 결혼의 싱그러움과 장터의 풍요로움이 이 대목에서 환기된다.

다시 연자간 안으로 시선을 돌리니 대들보 위에 얹어 놓은 베틀이 보이고 햇볕을 가릴 포장도 보이고 목화씨를 발라내는 토리개도 보인다. 이제 봄이 되었으니 시간이 지나면 적절한 때에 제 구실을 할 것이다. 연자간 구석 여기저기에는 후치, 보습, 쇠스랑 등 밭을 일구는 데 사용될 농기구들이 많이 놓여 있다. 이 기구들도 곧 사람 손에 쥐어져 제 구실을 충실히 하게 될 것이다. 이 모든 연자간의 풍경이 다 같이 즐겁고 편안하다고 화자는 반복해서 말한다.

연자간 안으로 모여드는 존재들도 즐겁고, 연자간 주변에 모여 사는 모든 가축과 동물도 풍요로운 모습을 보이고, 연자간 앞을 지나가는 사람들도 생동감이 있고, 연자간 안의 도구들도 모두 편안한 모습이다. 여기에는 삶의 고통이나 애환이 스며들 여지가 없다. 이 시의 소박한 반복의 어조는 농촌 마을의 연자간 풍경을 농촌 사람의 시선으로 담백하게 펼쳐낸다. 여기에는 평화로운 삶에 대한 소박한 꿈이 담겨 있다. 우리는 이 시를 통해 백석이 추구하던 '풍속'과 '인정'과 '말'이 이우러진 평화로운 삶의 노습이 어떠한 것인가를 이해하게 된다.

3. 마음과 역사의 발견

산숙

이 시의 첫 행은 "여인숙이라도 국숫집이다"라는 독특한 발언으로 시작된다. 이 시행은 산간 지역의 생활상을 한눈에 알려주는 역할을 한다. 그것은 숙박하는 곳과 음식을 파는 곳이 분리되지 않은 산간 지역의 생활상을 요약적으로 드러낸다. 북방 산간 지역에는 밀이 자라지 않고 메밀이 주로 생산되기 때문에 메밀국수가 주식이다. 국수를 삶는 온기 때문인지 메밀가루 포대가 그득히 쌓여 있는 윗간은 들쿠레한 냄새가 나고 온도도 높다. 이 방 안에서 화자는 메밀가루 포대와 낡은 국수틀과 나란히 누워서 동질적인 존재감을 느낀다.

화자는 "구석에 데굴데굴하는 목침들을" 베어 보았다고 했다. "데굴데굴"은 앞에 나온 "들믄들믄", "그즈런히"와 호응하는 토속적 시어로 대상에 대한 친숙감, 동화감을 전달한다. 화자, 메밀가루 포대, 국수분틀로 이어지는 동질감의 원주에 목침도 동참하게 되는 것이다. 그런데 그가 하나의 목침만 베어 본 것이 아니라 여러 목침을 번갈아 베어 보면서 그것을 베었을 사람들의 다양한 모습을 생각했다는 점이 특이하다. 그 목침에는 "새까마니 때"가 끼어 있다고 했고 그렇게 때를 남기고 간 사람들을 떠올린 것이다. 우리는 여기서 백석이 자신의 폐쇄적인 영역에서 벗어나 타인의 다양한 삶을 이해하려는 방향으로 접어들고 있음을 알아차릴 수 있다.

마지막 시행에서 또 특이한 것은 화자가 목침에 때를 남기고 간 사람들을 떠올리며 그들의 "얼굴과 생업(生業)과 마음들"을 생각해 보았다는 점이다. 우리는 '얼굴, 생업, 마음'으로 이어지는 연쇄 관계의 내포적 의미를 성찰해 볼 필요가 있다. 여기 열거된 '얼굴, 생업, 마음'은 백석이 인간사의 다양한 국면 중 어디에 관심을 두고 있는지를 알려 주는 좋은 단서가 된다.

사람의 생김새에 대한 관심은 『사슴』에 수록된 작품에서부터 두드러지게 나타나던 특징이다. 「여우난골족」에서 명절날 모인 친척들의 모습을 자세하게 묘사하는 장면이 그렇고, 「주막」에는 앞니가 뻐드러진 범이라는 아이가 나오고, 「정주성」에는 메기수염의 늙은이가 나왔다. 외모에 대한 관심은 이제 그 사람이 하는 일, 즉 생업과 연결된다. 말하자면 그 사람의 외모와 생활환경은 밀접한 관련이 있다는 인식이 자리 잡고 있는 것이다. 사람이 하는 일을 생업(生業)이라는 한자로 지칭한 것도 그들이 하는 일을 통해 삶의 국면까지 떠올리려는 의도가 담긴 것일지 모른다.

목침에 때를 묻히고 간 사람들이 그 주변의 산골사람이건 백석처럼 외부에서 온 지식인이건, 그들은 각기 다른 방법으로 삶을 이끌어 갈 것인데, 그들의 삶의 모습과 그들이 지닌 마음 하나하나를 다 이해하고 싶어 하는 시인의 의식이 형성된 것이다. 백석의 의식은 개인적 삶의 국면을 넘어서서 어떤 공동체적 지평을 향하고 있으며, 생활의 표면 내부에 도사리고 있는 마음의 영역을 향해 관심이 확대되고 있다. 그런 점에서 이 작품은 『사슴』에서 보여준 가족공동체에 대한 소박한 공감보다 한층 진전된 의식을 보여 주고 있다.

너먼집 범 같은 노큰마니

평안도 방언에서 '큰마니'는 할머니를 뜻하고 '노큰마니'는 그보다 한 단계 위의 할머니, 즉 증조모 대의 할머니를 의미한다. 남쪽에서는 '노할머니'라는 말도 쓴다. 그러니까 제목의 뜻은 "고개 너머 있는 집에 사시는 범처럼 무서운 증조할머니"라는 뜻이다. 그러나 화자의 직계 증조모는 아니고 증조모 항렬에 해당하는 할머니다. 시에 "내가 이 노큰마니의 장조카의 맏손자로 난 것"으로 되어 있기 때문이다. 이 할머니는 장자에게 시집을 온 것이 아니라 차남이나 삼남에게 시집을 왔고 장남의 후손으로 이어진 장조카의 맏손자가 바로 이 시의 화자가 되는 것이다.

이 할머니는 서낭당 고개 너머 낡은 집에 따로 살고 있다.

할머니가 거주하는 공간은 여러 가지 치장물이 많이 걸려 있는 국수당 고개를 몇 번이고 넘어가야 겨우 도달하는 산골의 묵은 집이다. 서낭당에 대한 묘사는 백석의 민간신앙에 대한 관심을 알려 주는 것과 동시에 그 집에 이르는 과정이 그리 단순하지 않다는 사실을 암시한다. 말하자면 어떤 의미 있는 통과의례를 거친 다음에 비로소 영동이 무겁게 가라앉은 그 집에 도달할 수 있다는 느낌을 전달한다. 그런 과정을 거쳐 도착한 그 낡은 집에는 뜻밖에도 생동하는 정경이 펼쳐진다. 사나운 거위와 커다란 개가 떠들썩하게 짖어 대고 소거름 냄새 구수한 가운데 어린 송아지가 입술을 씰룩이며 분수없이 까부는 장면은 보속석 성취와 야성적 역동성을 동시에 느끼게 한다.

3연에 나오는 "좋아지물본"은 '세상 물정'이라는 뜻으로 쓰이는 말이다. 이 말과 유사하게 쓰이는 '물색'이라는 말이 있는데 이 말은 "물색도 모르고 좋아한다"는 식으로 지금도 쓰이고 있다. 아이들에게 전염병이 돌아서 앓다가 죽게 되면 거적에 덮여 실려 나가게 되는데, 세상 물정도 모르는 어린아이들은 그렇게 거적에 말려 나가는 것이 무슨 재미있는 놀이인 줄 알고 부러워했다는 것이다. 젖먹이를 그늘에 뉘어 놓고 어른

들은 밭에 나가 일을 하고, 끼니때가 되면 집에 남아 있던 할머니가 아이들 수대로 바가지를 늘어놓고 거기다 밥과 반찬을 담아 먹게 했다는 것이다. 이 부분의 내용은 농촌 생활의 전근대적 취약성을 드러내는 것 같기도 하다. 그런데 노큰마니는 이처럼 척박하고 비위생적이며 빈곤한 상태에서 아이들을 길러낸 것을 두고두고 이야기한다고 했다. 풍요롭지 못한 환경 속에서 이렇게 많은 손자, 증손자를 길러낸 것에 대해 노큰마니는 대단한 자부심을 느끼는 것이다.

『사슴』에 실린 「가즈랑집」 할머니가 혼자 사는 무녀인 데 비해 이 할머니는 구더기같이 욱실거리는 손자 증손자를 거느리고 그들이 잘못을 하면 방구석에 회초리를 단으로 쌓아 두었다가 때리는, 일가친척에게 범같이 무서운 존재로 군림하는 상징적 인물이다. 토속적이면서도 생명의 기운이 약동하는 공간에 대가족제도의 정신적 지주로 군림하는 증조할머니가 거주한다는 것은 상당히 중요한 상징적 의미를 지닌다. 그것은 일종의 대지모신(大地母神)과 같은 생산과 증식의 상징이다. 그렇기 때문에 증손자의 태몽까지도 대신 꿀 정도로 가문의 상징적 수호자 역할을 맡고 있는 것이다.

그러나 그 무서운 노큰마니가 화자의 기억 속에는 더없이 정겨운 할머니로 새겨져 있다. 범의 태몽을 꾸고 태어난 아기라 특별히 생각해서인지 엄마 등에 업혀 떼를 쓰고 심술을 부려도 꾸짖기는커녕 환하게 핀 함박꽃을 밑가지째 꺾어 주기도 하고 제물로 쓰려고 굵은 가지에 남겨둔 배도 아낌없이 잘라 주는가 하면 귀한 거위 알도 어린 화자의 두 손에 포근히 안겨 주었던 것이다. 한편으로는 무서우나 자신에게는 무척 자애로웠던 노큰마니에 대한 추억이 찬란한 토착어의 연쇄로 형상화되었다. 백석의 이 시가 없었다면 평안도 산골 마을의 이토록 독특하고 정겨운 풍정을 우리는 상상할 수도 없었을 것이다.

서행시초 2: 북신

"북신"은 평안북도 영변군 북신현면(北薪峴面)을 가리킨다. 현재는 향산군에 편입되어 있다. "香山부처님"은 당시 한국 5대 사찰의 하나로 꼽히던 보현사의 대웅전 불상을 지칭한다. 묘향산 입구 양쪽 십리에는 메밀국수 집이 즐비하게 늘어서 있어 하나의 장관을 이루었다고 한다. 이 시는 묘향산 초입의 정경을 그대로 보고하고 있다. 즐비하게 늘어선 국숫집에는 메밀 삶는 냄새가 난다. 감각에 충실한 시인은 우선 국숫집의 메밀 냄새에 관심을 갖는데 그 냄새를 "부처를 위하는 정갈한 노친네의 내음새"라고 표현한다. 퀴퀴한 메밀 냄새를 정갈한 노인의 냄새로 비유한 것이라든가 굳이 "부처를 위하는" 노인이라고 수식을 가한 데는 국수의 냄새를 통하여 정신적 가치를 표상하려는 의도가 잠복해 있다.

시인은 털도 뽑지 않은 돼지고기를 "시꺼먼 맨메밀국수에 얹어서 한입에 꿀꺽 삼키는 사람들을 바라보며" 말할 수 없는 감동을 느낀다. 투박하게 살아가는 산골 사람들의 야성적 생명력에서 감동을 느낀 것인데, 그 생명력은 근대사회의 도시인에게서는 찾아보기 힘든 요소다. 시인은 이 정경을 보며 소수림왕과 광개토대왕을 생각한다고 진술하였다. 소수림왕은 불교를 도입하고 태학을 설립했으며 율령을 반포하는 등 국가 체제를 정비하여 고구려 발전의 기틀을 마련한 왕이고, 광개토대왕은 소수림왕의 치적을 이어받아 남으로는 한강 유역까지 북으로는 요동 지역을 확보함으로써 최대의 영토를 확보한 정복 군주다. 옛 고구려의 후예인 백석은 "소수림왕"과 "광개토대왕"이라고 호칭까지 정확히 구분하면서 고구려의 국기를 강건히 하고 국위를 떨친 역사적 영웅의 이름을 제시하고 있다. 국수를 먹는 산골사람들과의 야성적 생명력을 역사적 영웅의 삶과 연결 지으려는 정신의 모험을 감행하는 것이다.

조선어와 조선역사가 말살되어 가고 다수의 대중들이 그 말살의 과정을 방관 내지는 방조하고 있었으며 말살의 대상이 된 조선어와 조선역사를 운위하는 것 자체가 불온시되던 그 시점에서 이러한 생각을 시로 써 낸다는 것 자체가 용기에 속하는 일이었다. 이 시기에 이르러 백석이 민족과 역사를 염두에 두고 있음을 분명히 확인할 수 있다.

4. 상징적 사물을 통한 상실감의 극복

북방에서

이 시는 1940년 7월 『문장』지에 발표된 작품이다. 이 시기에 발표한 작품들은 대개 행과 연의 길이가 길고 백석 특유의 열거와 대구의 기법이 기능적 역할을 뚜렷이 수행하고 있다. 이 시의 1연에서 부여와 숙신이 짝을 이루고 발해와 여진, 요와 금이 각각 짝을 이룬다. 그리고 다음 행에서는 '흥안령—음산'과 '아무우르—숭가리'가 짝을 이루고 '범—사슴—너구리'와 '송어—메기—개구리'가 짝을 이룬다. 이처럼 대구와 열거가

결합되어 미묘한 운율감을 조성하고 시 전체의 분위기를 고조시키면서 감정의 절정 부분으로 시상을 이끌어 간다.

1연과 2연에 열거된 지명 및 사물의 명칭들은 화자가 거쳐 간 공간의 궤적을 상당히 거시적 윤곽으로 드러낸다. 시인은 개인의 유랑을 집단의 유랑으로 환치시키려는 시도를 보이고 있는 것이다. 한반도 북반에 거주했던 옛 종족의 이름을 복원하여 열거해 갔는데, 이러한 시행 구성을 위하여 상당히 많은 역사적 지식을 습득했음을 짐작할 수 있다. 그러나 화자를 유랑으로 이끈 현실적 원인에 대해서는 구체적인 언급이 나와 있지 않다. 이 부분에서 알 수 있는 내용은, 자신이 떠날 때 많은 소중한 것을 포기하거나 배반하고 떠났다는 것, 보내는 쪽에서도 상당한 아픔이 있었을 터인데 그것을 외면할 수밖에 없었다는 것 등이다.

이 시의 중요한 내용은 3연과 4연에 제시되어 있다. 화자는 아무런 슬픔도 시름도 없이 한가한 마음으로 유랑을 시작하였고 떠난 다음의 생활도 상당히 담담한 심경으로 서술하고 있다. 그런데 이렇게 유랑의 생활을 지속하면서도 그것에 대해 아무런 부끄러움도 느끼지 않았다는 사실을 두고 화자가 반성적 시각을 갖기 시작한다. 시인은 "나는 나의 부끄러움을 알지 못했다"고 적었다. 이제 자신의 유랑이 그렇게 떳떳한 일이 아니며 소중한 많은 것을 저버린 일이었다는 사실을 자각하고 그것을 "부끄러움"으로 인식하고 있음을 알려 준다. 유랑을 부끄러움으로 인식한 이상, 그의 내면에는 "참으로 이기지 못할" 회한의 아픔이 밀려들게 되고 이제 그는 떠난 곳으로 돌아오지 않을 수 없다. 여기서 그의 회귀가 시작된다. 그가 떠나온 곳, 그의 "태반"으로 돌아오는 것이 그의 부끄러움과 슬픔과 시름을 지울 수 있는 유일한 방책이다.

그러나 이미 무량한 세월이 유랑의 시간 속에 흘러가 버리고 말았다. 역사적·지리적 지명이 환기하던 중량감은 사라지고 병들고 지친 풍경만이 펼쳐져 있을 따름이다. 자기를 붙잡던 소중한 대상들, 자신의 애모의 대상, 존경의 대상도 사라졌을 뿐 아니라 자신의 희망도 용기도 의욕도 다 사라지고 만 것이다. 말하자면 그의 삶의 근거, 태반 자체가 상실되고 만 것이다. 여기서 시인은 형언할 수 없는 상실감을 그대로 토로한다. "해는 늙고 달은 파리하고 바람은 미치고 보래구름만 혼자 넋 없이 떠도는" 상황은 참으로 처절하다. 이러한 처절한 상실감이 어디서 비롯된 것일까?

많은 역사적 지식의 축적을 바탕으로 웅혼한 시상을 야심

적으로 전개한 작품이니 여기 그의 진심이 담겨 있을 것이다. 모든 중요한 대상이 사라진 극도의 상실감을 그대로 전달하고 싶었을 것이다. 전달의 매개자로 설정한 인물은 『문장』지에 자신의 얼굴을 소묘하고 소개의 글을 썼던 화가 정현웅이다. 그는 "정현웅에게"라는 부제를 달아 자신의 진면목을 알아줄 누군가에게 이 극도의 상실감을 전하고 싶었던 것이다.

국수

겨울철에 눈이 많이 내리면 먹을 것을 찾지 못한 산새가 들에까지 내려오고 눈구덩이에 토끼가 빠지기도 한다. 때를 맞춰 꿩 사냥과 토끼 사냥을 하여 모처럼 먹을거리가 생기면 마을 사람들은 즐거움에 들떠 국수를 만들어 먹는다. "이것은 오는 것이다"의 "이것"은 국수를 지칭하는데, 북방 지역이므로 밀가루가 아니라 메밀가루로 빚은 국수다. 평안도 지역에서는 집집마다 국수틀이 있어서 가을에 수확한 메밀을 가루로 만들어 저장해 두었다가 필요할 때 즉석에서 반죽을 하여 국수틀에 눌러 국수를 만들어 먹었다. "함박눈이 푹푹 쌓이는" 겨울 밤 "쩔쩔 끓는 아랫목"에 앉아서 얼음이 둥둥 뜨는 동치미 국물에 국수를 말아 먹는 것이 북방지역 음식문화의 고유한 풍미다.

이 시의 처음부터 끝까지 연이어 등장하는 감각계의 어사들(구수한, 은근하니, 뽀오햔, 뿌우현, 산멍에 같은, 들쿠레한 등)은 식생활과 관련된 생활 세계를 마치 우리가 직접 눈앞에 보는 것처럼 생생하게 펼쳐낸다. 시각, 미각, 후각이 결합된 감각의 영역은 본능에 밀착된 그리움의 매개물로 시간이 지나도 지워지지 않고 수시로 복원되는 기억의 강인성을 보유하고 있다. 눈이 많이 온 겨울날 국수를 먹기 위해 저마다 즐거워하며 들떠 있는 모습은, 백석과 같은 환경을 살아갔던 많은 사람들의 기억 속에 공유된 장면이다. 이 시를 쓸 당시 백석은 만주의 어느 곳에서 유랑의 삶을 보내고 있었고 한반도 전역은 전쟁의 병참기지로 전락되어 가는 상황이었다. 그러나 백석은 이 시에서 오히려 다양한 감각을 동원하여 풍요롭고 화목한 고향의 정경을 재구성해 냈다.

"어느 양지귀 혹은 응달쪽 외따른 산옆 은댕이 예데가리밭" 은 메밀이 성장하는 지역을 말한 것이다. 메밀은 척박한 지역에도 잘 적용하기 때문에 양지바른 곳은 물론이요 응달진 곳이나 산기슭 가장자리의 오래 묵은 비탈밭에서도 잘 자란다. "산멍에 같은 분틀"은 바로 국수 내리는 틀을 말한 것인데, 커다란 구렁이의 모습으로 비유했다. 국수를 삶는 부엌은 뽀얗게 흰 김이 서리고 접시 귀에 소기름 불을 뿌옇게 밝혀 놓은 상태다. 토속적인 산골 마을 평범한 부엌의 소박한 정취를 사실적으로 재현한 것이다. 메밀은 "실 같은 봄비 속을, 타는 듯한 여름 볕 속을 지나서" 성장하여 "들쿠레한 구시월 갈바람 속을 지나서" 결실에 이른다. 이것을 시인은 다시 "대대로 나며 죽으며 죽으며 나며 하는 이 마을 사람들의 의젓한 마음을 지나서 텁텁한 꿈을 지나서" 우리에게 다가온다고 의미를 부여하여 서술했다.

국수가 성장하는 환경, 국수가 만들어지는 과정과 분위기, 국수를 먹는 실제 모습 등을 이야기한 다음에 국수에 정신의 숨결을 불어넣는다. 그것은 곰의 잔등에서 자라났다는 할머니와 우렁찬 재채기 소리를 지닌 할아버지의 내력이다. 소수림왕과 광개토대왕 같은 역사적 영웅의 이름 대신에 민속적 신화의 주인공이 제시된 것이다. 이것은 피 속에 이어져 내려오는 선조들의 정신세계를 국수라는 평범한 음식과 동일화하려는 의도적인 서술이다. 마지막 부분에서는 국수가 도대체 무엇이냐고 계속해서 몇 차례나 질문을 거듭한다. 여기에도 감각의 어사가 동원되고 있는데 이것 역시 감각의 영역 속에 세대를 넘어 이어지는 민족혼의 역사가 담겨 있음을 알리려는 의도적 배치다.

이 시가 강조하는 것은 우리들이 매일 먹는 국수의 맛과 빛깔에 국수를 먹는 사람들의 마음과 꿈이, 민족의 소중한 요소가 그대로 담겨 있다는 것이다. 그리고 그 맛과 빛깔은 아득한 옛날로부터 먼 미래에 이르기까지 변함없이 이어진다는 것이다. 그는 감각의 세계 이면에서 정신의 가치를 발견해내는 작업을 벌였다. 백석이 이 시를 발표하던 때는 우리말 사용이 금지되고 우리의 성과 이름까지 일본식으로 변개되던 시점이었다. 민족의 주체성이 총파산될 위기에 처한 상황에서 "국책에 순응하여 폐간한다"는 폐간사와 함께 마지막 호를 낸 『문장』 종간호에 이 시가 실린 것은 매우 상징적이다. 근대의 역방향에 서서 조국의 변방을 유랑했지만 그는 우리가 간직해야 할 귀중한 요소가 무엇인가를 시로 탐구한 것이다.

남신의주 유동 박시봉방

이 시는 1948년 10월 『학풍』 창간호에 게재되었다. 책 뒤의 출판부 소식란을 보면 "서정시인 백석의 백석시집이 출간된다"는 말이 나온다. 또 편집주간인 조풍연의 편집 후기를 보면 신석초와 백석의 해방 후 신작을 얻었다고 적었는데, 창간호에는 백석의 작품만 실리고 신석초의 작품은 다음 호에 실렸다. 해방 후에 발표된 백석의 다른 작품처럼 허준이 지니고 있던 작품을 발표한 것이라면 편집 후기에 그 사실이 언급되었을 텐데 그런 언급은 없다. 이 시가 지닌 형식적 안정감과 유장한 호흡, 원숙한 짜임새도 그 이전의 시와는 상당히 다른 느낌을 준다. 그래서 나는 이 작품을 해방 후에 쓴 작품으로 보았다. 그런데 해방 후의 작품이라면 해방에 대한 감격이나 기대가 어느 정도 투영되었을 텐데 어떻게 이렇게 비탄의 정조로 일관한 작품이 해방 후에 쓰여졌는가 하는 의아심이 생겼다. 설사 조풍연의 말이 사실이라 하더라도 이 작품은 해방 후에 쓴 것이 아니라 해방 전에 써 두었던 것을 발표한 것일 수 있다. 그것이 언제든 참담한 나락의 극점에 섰을 때 쓴 작품인 것은 틀림없다.

"남신의주 유동"은 지명이고 "박시봉"은 사람의 이름이다. "방(方)"은 편지를 보낼 때 세대주 이름 아래 붙여, 그 집에 거처하고 있음을 나타내는 말이다. 그러니까 이 시의 제목은 '남신의주 유동에 있는 박시봉 집에서'라는 뜻이다. 제목의 평범한 뜻과는 달리, 이 시는 소중한 것을 모두 잃어버리고 외로운 떠돌이가 되어 바람 센 거리를 헤매는 화자의 가련한 처지를 고백하는 것으로 출발한다. 첫머리에 나오는 "어느 사이에"라는 말은 화자의 가혹한 운명을 압축적으로 드러낸다. 자신도 지각하지 못한 사이에 운명의 소용돌이에 휘말려 상실의 끝판으로 내몰린 자의 뼈저린 탄식이 이 말에 응축되어 있다.

한때는 웨이브 진 머리를 휘날리며 광화문통 네거리를 활보하던 신문기자였으며 또 한때는 더블브레스트 연둣빛 양복을 입고 유창한 발음으로 학생들을 가르치던 영어 교사였는데, 어느 사이에 이런 낙척(落拓)의 떠돌이가 되었는가. 어떻게 하다가 모든 것을 잃고 자신의 몸을 누일 지상의 빙 한 간을 찾아 헤매는 초라한 처지가 되었는가. 모든 것을 잃고 처절한 고립에 빠진 한 남자가 자기가 살아온 내력을 돌이켜 볼 때 터져 나오는 발성이 "어느 사이에"일 것이다.

그는 가정의 구성 요소인 아내, 집, 부모, 동생들과 떨어져 "바람 세인 쓸쓸한 거리 끝을 헤메이었다"고 말했다. 이 말은 단순한 것 같으면서도 의미심장하다. '바람 센'은 고초가 많았음을 나타내고 '쓸쓸한'은 자신의 외로움을 말하는 것이다. '쓸쓸한 거리'라고 하지 않고 굳이 '거리 끝'이라고 한 이유는 무엇일까? 이것은 어디에도 동화되지 못한 채 국외자로 떠돈 자신의 처지를 암시하는 표현이다. 그는 바람 센 쓸쓸한 거리를 평범하게 걸어간 것이 아니라 그 거리의 한 끝을 서성이며 막막한 방황의 나날을 보낸 것이다.

상황은 더욱 악화되어 바람은 더 세게 불고 추위도 심해지는데 거처를 잃은 화자는 어느 목수네 집 문간방을 하나 얻어 더부살이를 하게 된다. 물론 그 방은 제대로 된 방이 아니라 헌 삿자리를 깐 임시 거주용 방으로 음습한 냄새도 나고 냉기가 감돈다. "질옹배기"의 "북덕불"에 몸을 녹이며 겨우 추위를 가리는 처지다. 모든 의욕을 상실하고 무위의 시간을 보내는 화자는 조그만 화로의 재 위에 무의미한 글자를 써 보기도 하고 방안을 뒹굴며 자신의 슬픔과 어리석음을 되씹어 보기도 한다.

사람이 절망의 극한에 몰리면 죽음을 생각하기 마련인데 이 시의 화자 역시 지나온 일을 생각할수록 슬픔과 회한이 사무쳐 종국에는 죽음을 떠올리게 된다. 이 위기의 순간에 화자는 "고개를 들어,/허연 문창을 바라보든가 또 눈을 떠서 높은 천장을 쳐다보는" 행동을 취한다. 이것은 상실의 끝판에서 마지막 희망을 찾으려는 몸짓이다. 화자는 나보다 더 크고 높은 어떤 것, 예컨대 자신에게 주어진 운명과 같은 것이 자신을 마음대로 끌어가는 것이라고 생각하기에 이른다. 이것은 자신의 의지에 의해 절망을 극복하는 것이 아니라 모든 것을 운명에 맡겨 버린다는 점에서 소극적인 방법이라고 할 수 있겠으나, 이것이 절망의 고통을 치유하는 효과적인 방법인 것은 사실이다.

이렇게 며칠을 보내자 마음이 정리되면서 자신을 죽음으로 내몰던 슬픔과 회한도 앙금처럼 가라앉아 외롭다는 생각만 남게 된다. 절망의 나락에서 벗어나 어느 정도 마음의 안정을 찾은 화자의 방 문창에 싸락눈이 부딪친다. 외부 상황의 변화는 언제 또다시 그의 외로움을 저질한 상실감으로 바꾸어 버릴지 모른다. 그런 위기의 순간이 오면 그는 마음을 다잡고 생의 의욕을 가져 보려 한다. "화로를 더욱 다가 끼며, 무릎을 꿇어 보며"는 그러한 태도의 간접적 표현이다.

백석은 절망에서 벗어나기 위해 자신에게 의미를 주는 구체적 상징물로 "굳고 정한 갈매나무"를 설정하였다. 이 고고한 갈매나무는 어두워 가는 하늘 밑에 하얗게 눈을 맞으면서도 자신의 의연한 모습을 그대로 지키고 있다. 시인은 그 갈매나무를 떠올리며 자신의 신산한 삶을 견뎌내려 하는 것이

다. 이 시는 평이한 언어와 표현으로 인간 누구나가 겪을 수
있는 상실의 체험과 극복의 과정을 담담하게 그려냈다. 여기
담긴 감정의 추이 과정은 인간 체험의 보편성을 그대로 반영
한다. 그러기에 이 시는 상실의 아픔을 지닌 사람들에게 공감
을 주고 그들의 마음을 위안할 수 있었던 것이다.

5. 시사적 위상

여기까지 내가 고른 백석의 대표작 10편을 대상으로 시세
계의 특징과 변화를 살펴보았다. 백석은 10년이 채 되지 않는
기간 동안 90편 이상의 작품을 발표하여 당시로서는 가장 왕
성한 창작 활동을 보인 시인이 되었다. 그가 창조한 각각의
시편은 백석만의 고유한 개성을 강하게 드러냄으로써 독자적
미학을 개척한 시인으로 문학사에 자리 잡았다. 그의 시가 지
닌 시사적 의의를 요약하면 다음과 같다.

1. 백석은 평북 지방의 토착어를 기반으로 고유한 의성어
와 의태어를 폭넓게 구사하여 당대의 삶을 다른 어느 시인보

다 더 생생하게 재구성해 냈다. 비유의 측면에서도 세련된 비유는 거의 없고 관용적 표현이나 구어적 표현을 차용한 직유법을 활용하였으며, 소재를 짝을 지어 열거하는 기법을 사용하여 소박하면서도 독특한 운율감을 창조하였다. 세련된 도시감각을 의도적으로 배제하고 향촌의 투박한 어투를 되살린 백석의 방법을 '눌변(訥辯)의 미학'이라고 규정할 수 있다.

2. 시집 『사슴』에 중요한 소재로 등장한 토속적 세계는 그가 시를 쓴 1930년대 중반의 상황에서도 그리 친숙한 것은 아니었다. 그때는 토속적 세계와 그것을 지탱하는 기층문화가 서서히 훼손되어 가고 있던 시기였다. 따라서 그는 자신의 자각적 방법론에 의해 토속적 세계를 탐구해 갔다. 그 탐구의 과정을 통해 그는 사람들의 마음을 발견하고 더 나아가 민족의 문화와 역사, 그리고 민족의 내면세계를 만나게 된 것이다.

3. 그는 토속적인 구어를 시의 중심부로 끌어올려 세련된 도시어와 동렬에 놓인 시어로 활용하였을 뿐만 아니라 전근대적인 민간신앙을 근대시의 영역에 끌어들여 시의 주제와 밀착시킴으로써 한국인 고유의 사유와 삶의 원형을 찾는 작업을 벌였다. 이를 통해 주변부에 속해 있던 언어와 풍속이 근대시의 중심으로 부상하는 미학적 변환을 이룩했다.

4. 그는 '눌변의 미학'을 기반으로 식민지 체제가 기획하는 근대지향성의 역방향에 서서 "근대가 침윤되지 않은 조선식 어법의 세계"를 보여 주었다. 사이비 근대의 유입에 의해 기억 저편으로 밀려나는 토속적 세계의 단면을 토착적 언어로 정착시키는 데 성공했고, 물질적 계량주의가 확대되는 시기에 고립을 축복으로 전환시키는 '소외의 미학'을 실현했다. 세상과 거리를 두고 고고한 마음의 자리를 유지하면서 과거의 시간에서 위안을 얻고 격리된 공간에서 안식을 얻는 전례 없이 독특한 이 '소외의 미학'은 모든 소중한 것이 사라진 공백의 시대를 버텨가게 한 백석의 정신적 준거였다.

백석 연보*

- 1912년: 7월 평안북도 정주군 갈산면 익성동에서 출생. 본명은 백기행(白虁行).
- 1918년: 오산소학교에 입학.
- 1924년: 오산고보에 입학. 재학시절 선배 김소월을 선망했으며, 문학과 불교에 깊은 관심을 가짐.
- 1929년: 오산고보를 졸업.
- 1930년: 1월 단편소설 「그 모(母)와 아들」로 조선일보 신춘문예 당선. 3월 조선일보사 후원 장학금으로 일본 동경의 아오야마 학원 영어사범과에 입학.
- 1934년: 3월 아오야마 학원 졸업한 뒤, 귀국 후 조선일보사에 입사. 〈여성〉지의 편집을 맡음.
- 1935년: 8월 「정주성」을 발표하여 시인으로 등단.
- 1936년: 1월 시집 『사슴』 출판. 3월 조선일보를 사직하고 함흥의 영생고보 영어 교사로 부임. 조선 권번 출신의 기생 김진향을 만나서 '자야(子夜)'라는 아호를 지어줌.
- 1937년: 고향에서 결혼하라는 독촉을 받고 혼례식을 치렀으나, 다시 함흥의 자야에게 돌아옴. 자야는 혼자 서울로 떠남.
- 1938년: 12월 영생고보를 사임하고 서울로 와서 자야를 만남.
- 1939년: 1월 조선일보에 재입사. 10월 다시 사임.
- 1940년: 1월 만주의 신찡(新京)으로 떠남.
- 1945년: 해방 이후 신의주에 잠시 거주하다 고향 정주로 돌아옴.
- 1946년: 고당 조만식 선생의 요청으로 평양으로 와 선생의 통역비서로 일함.
- 1947년: 10월 문학예술총동맹 제4차 중앙위원회의에 참여.
- 1949년: 9월 솔로호프의 『고요한 돈강』을 번역하여 출간.
- 1954년: 러시아의 시인 이사코프스키의 시선집을 번역하여 출간.

- 1956년: 5월에 「동화문학의 발전을 위하여」라는 산문을 발표.

- 1957년: 4월 동화시집 『집게네 네 형제』를 출간.

- 1958년: 「사회주의적 도덕에 대한 단상」을 발표. 이데올로기적 노선 문제로 비판을 받음.

- 1959년: 1월 삼수군 관평리에 있는 국영협동조합으로 내려가 양치기 일을 함. 그동안 발표하지 않았던 시를 쓰기 시작함. 시 「이른 봄」 등 7편을 발표.

- 1962년: 10월 북한 문화계 전반에 내려진 복고주의에 대한 비판과 연관되어 창작활동을 중단.

- 1995년: 1월 양강도 삼수군에서 사망한 것으로 밝혀짐.